KB031062

그림, 마음으로 읽기

그림, 마음으로 읽기

초판 1쇄 인쇄 | 2020년 7월 23일
초판 1쇄 발행 | 2020년 7월 30일

지은이 | 이윤서
펴낸이 | 박영욱
펴낸곳 | 깊은나무

편 집 | 이상모
마케팅 | 최석진
디자인 | 서정희 · 민영선

주 소 | 서울시 마포구 월드컵로 14길 62
이메일 | bookocean@naver.com
네이버포스트 | post.naver.com/bookocean
페이스북 | facebook.com/bookocean.book
인스타그램 | instagram.com/bookocean777
전 화 | 편집문의: 02-325-9172 영업문의: 02-322-6709
팩 스 | 02-3143-3964

출판신고번호 | 제2013-000006호

ISBN 978-89-98822-70-5 (03810)

이 도서의 국립중앙도서관 출판예정도서목록(CIP)은 서지정보유통지원시스템
홈페이지(http://seoji.nl.go.kr)와 국가자료공동목록시스템
(http://www.nl.go.kr/kolisnet)에서 이용하실 수 있습니다.
(CIP제어번호: CIP2020027407)

*이 책은 깊은나무가 저작권자와의 계약에 따라 발행한 것이므로 내용의 일부 또는 전부를 이용하려면 반드시 깊은나무의 서면 동의를 받아야 합니다.
*책값은 뒤표지에 있습니다.
*잘못 만들어진 책은 구입하신 서점에서 교환해 드립니다.

그림, 마음으로 읽기

이윤서 에세이

깊은나무

그림 없는 그림 이야기가 될 것 같다. 그림을 보아야 한다는 생각에서 자유로워지니 보이지 않는 것까지 이야기를 나눌 수 있어 좋았다.

'유파에 영향받지 않고 독자적인 길을 걸었던 화가다'라는 이야기는 그 시대 분위기나 역사, 문화에 영향을 최대한 적게 받으면서 자기만의 방식으로 그림을 제작하는 화가란 말이다. 새로운 것을 추구하는 것. 나만의 것을 찾는 것만이 화가의 숙명이라고 여기는 시대에 살고 있다. 단연 화가만의 이야기겠는가.

'나만의 길을 가는 것' = '나만의 이야기를 한다는 것'

이 그림 이야기를 하는 동안 한순간도 혼자였던 적이 없었다. 마음먹고 이 여정을 시작하기로 했을 때 피카소 뮤즈가 제일 먼저 나타났다. 그와 이별하고 나니 또 다른 뮤즈가 내게 와서 영감을 주었다. 이 글을 완성하기까지 한순간도 빠지지 않고 도움을 받았다.

그렇게 매 순간 적절한 타이밍에 나타나 이야기를 나누어 주었고 내 마음에 담아둔 아픔을 치유해 주었으며 성장하게 만들어주었다. 이 일이 어찌 나에게만 일어나겠는가. 당신에게도 일어나게 될 것이라 믿는다.

그림을 좋아하는 사람들이라면 또는 섬세한 영혼을 가진 이들이라면 동행이 의미 있는 시간이 되지 않을까 생각한다. 읽어 내려가는 동안 모든 시간이 가볍지만은 않을 것이다. 때론 무겁기도 하겠지만 그게 진짜 우리의 삶이 아닐까. 꾸미지 않고 있는 그대로 드러내놓고 이야기하고 싶었다.

《그림, 마음으로 읽기》에 나오는 화가들은 필자가 작가라는 이름으로 강연이나 강의를 처음 시작했을 때 등장시켰던 인물들이다. 수많은 화가 중에서 유독 내 마음에 빛이 돼 길을 밝혀주던 뮤즈를 이제 만나러 갈 시간이다.

사랑하는 나의 독자님, 이 책과 함께 하는 동안 의미 있는 시간이 되길 바랍니다.

contents

Chapter 1

파블로 피카소와 같은 것을 바라보다

나에게 나를 묻다

나는 누구인가.

나는 무엇을 잘할 수 있을까.

내가 그림과 극도로 친해지기 직전에 했던 질문이다. 누군가와 대화가 절실히 필요했다. 나의 물음에 대한 답을 듣고자 이야기를 해줄 만한 사람을 찾아다니기도 했다.

하지만 어디서도 내가 원하는 그 대답을 찾을 수 없었다.

"너는 너지. 뭐긴 뭐냐. 무엇을 잘할 수 있는지 더 이상 궁금해하지 말고 지금처럼 살면 된다. 지금 잘하고 있다."

나는 안다. 이 말이 내게 해줄 수 있는 최선의 위로였을 것이다. 어쩌면 타인의 눈으로 보는 나는 정말 아무 문제가 없었을지도 모른다. 순전히 나의 존재에 대한 물음이었기 때문에 바깥에서 답을 찾으려 한 것 자체가 잘못된 시작이었다. 그리고 이 문제에 대해서만큼은 완전히 혼자가 되어야 할 필요성을 얼마 지나지 않아 알게 되었다. 그동안 내 인생을 타인의 생각으로 덧칠하도록 허용하던 나를 반성하고 새롭게 이 물음을 던지게 된다.

'나는 누구인가?'

이 물음에 대한 답을 찾으러 나와 동행했던 사람들이 있었다. 그 사람들은 다름 아닌 세기를 넘나드는 수많은 화가들이다. 그들은 나의 친구이면서 인생 선배다. 비록 시작은 내가 알고 싶었던 것들을 찾으려 이용한 수단에 불과했지만 지금은 내 삶의 일부가 되었다. 돌이켜보면 내 인생에서 혼돈의 시대는 물음 이전의 시간들이었다. 마음의 짐이 계속 쌓여 그 무게를 견딜 수 없었다. 그래서 나는 물음을 던졌고 그 물음에 대한 답을 직접 찾아보기로 결심했던 것이다.

늘 실패에 대한 변명을 했고 고심 끝에 세운 계획을 쉽게 새로운 것으로 바꾸었다. 냉정하게 바라본 내 모습은 이랬다. 그래도 뭔가 열심히 하긴 했다. 이런 패턴이 반복되다 보니 그런 사람이 원래 나인 줄 알았다. 나를 자책하고 불행한 사람으로 만들었던 것이다.

'어디에서 답을 찾아야 할까?'

그러다 책을 읽기 시작했다. 침묵 속에서 침잠해 가다가 어떻게든 답을 찾겠노라 다짐하면서 말이다. 책이 책상에 쌓여 높이 올라갈수록 가슴이 두근거렸다. 쌓여가는 책 높이만큼 용기를 얻기도 했지만 부작용도 있었다. 매일 밤 꿈을 그리다 잠들면 다음 날 아침은 변하지 않은 현실이 그대로 기다리고 있었다. 도무지 무엇을 어떻게 시작해야 할지 알 수 없었다.

그리고 다시
'나는 무엇을 할 수 있을까.
내가 잘하는 것이 있기는 한 거지?'
내게 물었다.

책이 답을 줄 거라고 굳게 믿고 의지했건만 역시나 계속해서 원점이다. 이때껏 몰랐던 것들을 갑자기 애쓴다고, 조바심을 낸다고 알아낼 수 있는 일이 아니었다. 내 마음은 두려워하고 있었다. 온종일 심장은 마치 달리기를 한 것처럼 불안하게 뛰었다. 이런 날들이 많아질수록 몸과 마음은 너덜너덜한 걸레처럼 변해갔다.

도대체 어떻게 해야 하는 걸까.
무엇을 하며 살아야 나는 행복해지는 걸까.

어느 날 거울을 보다 깜짝 놀랐다. 몇 년 전 목의 갑상선이 부은 것을 보고 놀랐던 것처럼 이번에는 다른 방향 목덜미에 혹이 확연하게 보이는 것이 아닌가. 만져보니 돌덩이가 들어간 듯 덩어리가 잡혔다. 너무 놀란 가슴을 쓸어내리고 나는 곧장 병원 대신 내 마음을 들여다보기 시작했다.

몸으로 말하고 있구나.
더 이상 이대로는 아니구나.
몸이 건강하지 않으면 내가 무얼 하든 소용없겠구나.

충격이 가시지 않았지만 마음이 몸의 병을 만드는 것이라면 이번에는 진짜 마음 내려놓기를 시도해보고 싶다는 생각이 들었다. 우선 몸에 힘 빼는 연습을 시작했다. 천천히 아주 쉽게 할 수 있는 것을 찾다가 명상, 책, 108배를 찾았다. 108배를 시작하고 하루도 빠짐없이 일 년을 하고 나니 그 혹은 외관상 보이지 않을 만큼 작아지더니 사라졌다.

아플 때는 사는 게 고통이라는 생각을 자주했다. 그럼에도 불구하고 내가 완전하게 착각하고 있는 것이길 바랐다. 신이 내게 벌을 주기 위함이 아니라면 나는 분명 잘못된 방법으로 삶을 대하고 있는 거였다. 나는 사실을 깨달을 필요가 있었다.

어느 날 파랑

나도 모르는 사이 파랑색이 나를 잠식하고 있었다. 파랑 가방이 눈에 들어왔고, 파랑 가디건이 눈에 들어왔다. 어느 날은 파랑 의자를 보고 가지고 싶다는 생각이 들었다.

친구가 우스갯소리로 너 무슨 삼성 직원 같다며 파랑이 그렇게 좋으냐고 놀리기까지 했다.

아…… 내가 그랬구나.

사실은 몰랐다.

색! 색이었다. 지금 나를 말하고 있는 내 마음이 그 색이었다. 블루 빛 피카소의 자화상을 보고 나는 멍해졌다.

이 그림을 그리던 당시 피카소의 마음이 어땠을까. 이 그림, 왜 그린 걸까. 그리고 왜 파랑 색으로 표현했을까.

혹시 말로 표현하기 힘든 지금 내 슬픔을 닮은 건 아닐까.

나의 그림 이야기는 이렇게 시작되었다.

인생은 고통을 전제로 한 것이다.

-파블로 피카소-

나의 청색시대

피카소는 친구를 잃었다. 나는 무엇을 잃었던가. 나는 아마 그 당시 꿈을 잃었던 건지도…….

나는 누구일까.

생각하는 나는 누구일까.

괴로워하는 것은 무엇일까.

이런 생각을 하는 것은 무엇일까. 내가 하는 것이 맞을까.

피카소 하면 천재 화가라는 수식어가 따라온다. 그는 언제나 양식을 변화시키지 않으면 마음이 놓이지 않는 사람이었다.

스페인의 말라가에서 태어나 그의 인생에서 중요한 시기를 바르셀로나에서 보냈다. 1904년 파리에 완전히 정착하기까지 세 번에 걸쳐 파리 여행을 한다. 피카소는 1901년부터 1904년 사이 별다른 수입 없이 여러 도시를 전전했다. 파리에 도착한 피카소는 매일 루브르 미술관에 가서 거장들의 작품을 모사하고 자신에게 필요한 것을 스스로 터득했다. 이 즈음 유년기 시절을 함께한 친구 화가 카사헤마스의 자살 소식을 듣게 된다.

피카소는 "나의 청색시대는 카사헤마스의 죽음에서부터 시작되었다"라고 말할 정도로 큰 충격을 받았다. 그 시기에 그린 그림의 주제는 버림받은 사람들. 방랑자, 병자, 맹인과 같은 소외된 사람들이었다. 야위고 길게 늘어진 인물. 청색의 단색조로 화면을 채운다. 어둡고 푸른 색조를 통해 인간의 비참하고 가난함, 고독과 고뇌를 묘사한다. 〈늙은 기타

리스트〉(1903~1904)는 나이 든 거리의 연주자가 생계를 이어갈 수 있는 유일한 수단인 기타를 들고 있는 모습을 그린 그림이다. 당시 피카소도 무명 화가에 이민자로 비슷한 처지의 예술가들과 어울렸다. 이방인의 삶은 녹록지 않았다.

카사헤마스의 죽음이 준 영향. 그가 살았던 몽마르트 주변의 굶주림과 절망, 고독. 밑바닥을 치고서야 알게 된다.

20세기에 접어들면서 산업화는 자본과 권력을 소유한 계급에게 좀 더 나은 삶을 선사했다. 하지만 변화에 적응하지 못한 계층은 실업자, 알코올 중독자, 거지. 매춘부가 되었고 거리에는 이런 사람들로 넘쳐나고 있었다. 피카소 또한 가난한 무명 화가로 어려운 시기를 보내고 있었기 때문에 더욱 그들과 공감할 수 있었다. 피카소가 삶에 허덕이는 빈민자들을 통해 자신의 고통을 대면했듯 나도 피카소의 그림을 통해 내가 느끼는 고통을 생각해보게 되었다. 나는 누군가를 잃지도 않았고 그렇다고 비련의 여주인공도 아니다. 그렇다면 수시로 찾아오는 자괴감의 원인은 도대체 무엇이었을까.

나는 왜 매일 눈 뜨는 게 괴로운 거지.

나는 왜 매일 똑같은 일상을 경험해야 하는 거지.

나는 왜 누군가 하는 말에 복종하듯 행동해야 하는 거지.

나는 왜 싫은 건 싫다고 말하고 있지 않는 거지.

나는 왜 누군가의 기대에 부응해야 하는 거지.

나의 생각이 병들어가고 있었다. 그때 젊은 피카소의 파랑이 내 가슴이 꽂혀 퍼졌다. 마치 스포이트로 빨아들인 파랑물이 맑은 물 위로 퍼지듯 말이다. 파랑은 내 마음에 여여(如如)하게 퍼져나갔다.

그림을 통해 내 마음을 들여다보게 된 이후로, 덕분에 오랫동안 슬프지 않았다. 그리고 파랑색으로 그림 작업을 시작했다. 시간이 얼마나 흘렀나. 손가락으로 더듬어 본다. 벌써 만 5년이다. 이제 나의 캔버스 위에 칠하는 파랑은 따뜻함이 있다. 예전처럼 파랑이 가슴을 아릿하게 해서 하던 일을 멈추지 않는다. 피카소의 청색시대 그림을 만난 이후로 계속 명화를 그린 화가의 삶을 추적하고 나의 이야기를 하고 있다. 마치 나를 치유하는 프로그램에 참여하는 사람처럼 단 하루도 빠지지 않고 그 이야기를 글로 쓰기 시작했다.

오랫동안 아프지 않았다.

즐거워서 진짜 웃고 있는 날도 더러 있었다.

즐겁지 않을 때는 애써 웃지 않는다.

그런데 다시, 화가 나는데도 웃고 있었다.

줄곧 네가 나를 괴롭힌다고 생각했었다.

그런데 알고 보니 웃고 있는 나 때문에 나는 괴로운 거였다.

나의 이야기는 곧 당신의 이야기가 되기도 했고 화가의 삶을 통해 드러난 그림도 우리의 이야기가 되기도 했다. 적어도 그때 당시의 피카소가 살던 시대 상황보다는 지금이 나은 것 같다며 스스로 위로하는 날도 더러 있다.

파블로 피카소는 일평생을 특정 사조에 귀속되기를 거부했다. 다양한 분야의 예술가들과 교류하면서 그의 청색시대는 곧 끝이 난다. 장밋빛시대라고도 하고 적색시대라고도 하는 핑크색 붉은 빛이 그림에 감돌기 시작했다. 나도 그를 따라 세상을 달리 본다. 다양한 사람들을 만나고 교류하면서 내 인생에도 꽃이 피기 시작했다.

나는 더 이상 눈뜨는 게 두렵지 않다. 이제는 그저 모든 것이 새롭고 신비롭다. 생각을 달리하면 세상이 바뀌어 보인다. 세상이 변하는 게 아니라 내가 변하는 거였다.

Chapter 2

앙리 루소의
영혼처럼 굳세어라

길을 다듬다

올해는 유난히 태풍이 우리나라를 많이 지나갔다. 며칠 전 신불산 등산을 다녀왔다.

태풍이 지나간 지 얼마 되지 않았던 터라 제자리에 박힌 돌이 하나도 없었다. 구불구불, 가파른 길에 말 그대로 집 나온 돌들이 널브러져 있었다. 땅에 박혀 있지 않은 돌은 심하게 흔들거렸고 그 돌을 디딜 때마다 내 몸도 휘청거렸다.

사람들이 많이 오간 곳은 반지르르하게 길이 나 있다. 나는 누군가가 지나다닌 그 길을 따라 가는 것에 익숙했다. 이번 태풍 덕에 길에 대한 감사함을 새삼 느끼게 됐다.

오늘 지나간 이 거친 길 위를 누군가가 다시 지나갈 것이고 시간이 흐르면 길은 다시 잘 다듬어지겠지.

다시 또 한 번

'깊이감이 없다' 하고 피식 웃다가 뜨끔 한다.

그래, 나는 얼마큼의 깊이 있는 눈으로 세상을 바라보는가. 얕음을 보는 나의 눈이 깊이를 알 수 있긴 한 걸까.

앙리 루소의 그림을 보다가 피식 웃는다.

'이 사람 진짜 그림을 제대로 배우지 못했나봐. 그런데 어떻게 최고라고 스스로 생각했고 운명이라 생각할 만큼 그림에 대한 자부심을 가질 수 있었던 거지?'

나는 평소 타인의 말 한마디에 일희일비하는 일이 빈번하다. 그래서 그의 태도가 우습다고 생각하면서도 한편으론 부럽다는 마음도 든다.

일부러 그러는 걸까.

진짜 몰라서 그러는 걸까.

어디서 저런 용기가 생기는 것일까.

어떻게 그럴 수가 있지?

그림을 보며 그의 자부심에 실없이 웃다가 곧 그를 동경의 눈으로 바라보았다. 스스로 최고라고 생각하는 그가 진짜 어떤 사람인지 궁금해졌다.

앙리 루소

앙리 루소는 19세기 후반부터 20세기 초까지 프랑스의 대 변화기에 활동했다. 당시 사람들은 그를 일요화가라 불렀다. 전업 화가가 아니라서 다른 직업을 가지고 생계를 유지하던 그는 일요일에만 나와서 그림을 그릴 수밖에 없었다. 그런 모습이 사람들 눈에는 우스워보였나 보다. 시대는 계속해서 변화했고 사람들의 가치관도 서서히 변화했지만 루소가 살던 당시 시대 분위기는 여전히 그러했다. 지금 시대라면 '이 사람, 멋진 영혼을 가진 사람이야'라고 했을지도 모른다. 현실적인 직업을 비록 놓지 못하는 처지였지만 꿈까지 버리진 않았다. 현재에 안주하지 않고 그 꿈을 실현시키기 위해 천천히 자신이 하고 싶은 일을 행동으로 옮겼다. 루소는 정규 미술 교육을 받지 않았기 때문에 원근법이나 독자적 작품을 구축하지는 못했다. 그래서 작품은 정확한 형태와 비례나 제대로 된 원근법이 표현되지 못했다. 언제나 형태가 어색했고 비례와 원근법을 무시한 그림은 사람들에게 우습게만 보이기 일쑤였다. 아카데미에서 강조하는 색채, 비례, 원근법을 능숙하게 구사하지 못한다는 이유로 비평가, 대중에게 조롱거리가 되었지만 스스로에게는 그 어떤 것도 문제가 되지 않았다. 그 이유는 비난과 조롱조차 자신에 대한 관심이라 생각했기 때문이다. 스스로가 훌륭한 화가라는 사실에 한 치의 의심이 없었기 때문에 가능했다. 하지만 일요화가로 활동하던 그를 바라보는 시선은 오래도록 곱지 않았다.

"웃고 싶으면 앙리 루소의 그림을 놓치지 말고 구경하라."

비평가들은 회화의 기초조차 모르는 화가라고 비난했다.

하지만 세기가 지난 오늘의 미술평론가를 비롯한 미술사학자들은 그의 작품을 순수하고 독창적인 작품이라 평한다. 물론 당시에도 이렇게 생각한 소수의 평론가가 있었다. 남들과 다른 안목을 가진 그들은 어떤 사람들이었을까.

루소의 밤

피카소가 골동품 가게에서 우연히 루소의 작품을 구입한다. 그 계기로 앙리 루소의 예술을 인정한 피카소와 시인 아폴리네르는 그를 위해 연회를 열기도 했다. 그 연회는 '루소의 밤'이라는 이름으로 루소를 비롯한 여러 화가들을 초대하는 자리였다. 초대받은 화가들은 피카소가 골동품 가게에서 구입한 루소의 〈두 번째 부인의 초상화〉를 감상하며 그를 위한 밤을 보냈다. 즐거운 시간을 보내고 집으로 돌아간 다음 날 앙리 루소는 피카소에게 이런 말을 전했다.

"우리 시대에는 매우 대단한 두 화가가 있다.
이집트 양식에 속해 있는 너와, 근대적 양식에 속해 있는 나다."

이런 루소의 지나친 자기애를 과대망상에 빠져 있다며 장난스럽게 놀리곤 했다. 그는 진짜 그렇게 믿고 있었고 훗날 그의 말대로 대단한 화가가 되었다.

순박한 사람

두 부류가 있다. 위대한 발견을 하고 예술 작품을 창작하고 고전을 남기는 사람들. 그리고 이러한 모든 발견에 놀라고 그 작품들 앞에서 찬탄하는 사람들이다.

이 두 부류는 창작자와 관람자다. 루소의 그림은 문명적인 세련된 기교와 담을 쌓았지만 어린아이가 그린 듯 순수하고 소박하다. 당시의 표준을 따라가지 않고 자신의 길을 간 덕분에 그는 전자에 속하는 사람이 되었다.

루소는 49세에 전적으로 그림 그리는 일에 시간을 할애하고자 직장을 떠나기로 결심한다. 그는 일생 동안 가난했지만 어쩌면 더 가난한 생활을 하게 될지도 모르는데도 불구하고 꿈을 이루고자 과감한 결정을 내렸다.

나는 스무 살 언저리에서 이제 늦었다고 생각했다. 시간이 더 흘러 서른 즈음에는 모든 게 늦어버린 내 인생이 암울하기까지 했다. 그런 나에게 루소의 행동은 적잖은 충격을 주었다.

'이 사람 이 그림 실력으로 이런 용기를 내다니.' 진짜 멍청한 거야? 아님 진짜 자신 있었던 거야?

친구

그 즈음 늘 마음이 꿈틀꿈틀했다. 하고 싶은 것이 뭔지 찾지 못했지만 희망은 항상 가지고 있었다. 오늘보다는 내일이 나을 거라는 생각 하나만큼은 확실했지만 솔직히 생각만 그랬던 거지 확신은 없었다. 정처 없이 방황하는 모습을 종종 보이긴 했지만 그래도 그날은 뭔가를 시도하려는 나에게 친구 녀석이 한마디 던진다.

"네가 정말 하고 싶은 거 맞긴 한 거냐. 회피 아냐? 내 눈에는 네가 회피하는 걸로밖에 안 보인다."

'나쁜 녀석'

'네 눈이라서 그래.'

'내가 얼마나 발버둥을 치고 있는데 뭘 안다고…….'

그날의 대화는 오랜 시간이 지나도 잊히지 않는다. 늘 나의 꿈을 응원해주기를 바랐고 그동안 그랬던 친구였기 때문에 배신감마저 들었다.

무엇 때문에 그렇게 보였을까.

그렇게 친구에게서 마음을 얻어맞고 와서 몇 날 며칠을 헤맸다. 흔들린 멘탈은 쉽게 제자리를 찾지 못했다. 또다시 의미 없는 시간을 무수히 흘려보냈다. 다시 새해가 밝았다.

나는 매년 새해를 맞이할 때마다 늦게까지 일어나지 않고 이불 속에 있었다. 1월 1일 해돋이 보러 가자며 일찍 깨우기라도 하면 "이날이 숫자에 지나지 않는데 왜 이렇게 특별하게 구는 거냐"며 짜증을 부렸다. 그리고 버릇처럼 '뭐 해야 하는데'라는 말을 입에 달고 살았다. 지나고 보니 나의 멘탈이 확실히 혼란을 겪고 있었던 시기였던 것 같다.

요즘에는 그림을 그리고 싶으면 그림을 그린다. 생각이 떠오르면 거의 즉시 행동한다. 이 단순한 방법이 왜 그때는 안 되고 지금은 되는 것인지 아직도 모르겠다.

최근 누군지 기억은 안 나지만 나에게 이런 말을 했다.

'좋아하는 일을 직업으로 삼지 마라.'

사실 흔히 하는 말이다. 좋아하는 일을 직업으로 삼지 말라 한다면 그 충고대로 나는 그림 가르치는 일은 하면 안 되는 건데……. 그런데 화가들은 자기가 좋아하는 일을 하며 살았다.

좋아하던 일은 즐기지 못하고 애쓰게 될 때 괴로운 일이 된다. 삶의 목적이 되어야지 수단이 되어서는 괴로움을 피할 길이 없는 것 같다. 그래서 저 말은 맞는 말도, 틀린 말도 아닌 게 분명하다. 늦은 나이란 없다는 말도 누구나 생각할 수 있지만 정작 자신은 용기 내서 행동하기 어렵다. 스스로 행동하지 않으면 의미 없는 말에 지나지 않는다. 적어도 당신은 루소가 아니니까.

'루소는 조롱도 관심으로 받아들일 만큼 어리숙해서였을까. 그렇다면 내게 필요한건 어리숙함이라는 건가.'

네가 하고 싶은 대로 하고 살아라

'네가 하고 싶은 대로 하고 살아라'라는 말을 오래전부터 듣고 싶었다. 지나고 나니 난 그때 당시 누군가의 허락이 필요했던 것 같다. 아무 의미 없는 허락. 타인의 허락이 왜 필요했는지 모르겠지만 말이다. 나 빼고는 다 잘나 보였으니까 그 틈에서 나는 잘해낼 용기가 없었다. 이미 세워져 있는 표준에 나는 미치지 못한다는 사실, 맞지 않는다는 사실이 불편했다. 열등감이다. 열등감에 빠진 채 적의로 가득했던 세상에 홀로 서 있다고 생각했다.

루소의 그림은 당시에는 사랑받지 못했지만 시간이 지난 지금은 그의 말대로 최고의 인기 그림이 되었다. 사고 싶어도 아무도 그림을 내어 놓지 않기 때문에 가질 수도 없는 그림이 되었다. 천문학적인 금액을 지불할 자가 나타난다 해도 그림을 팔겠다고 내놓을 사람이 없을지도 모른다. 루소는 세워져 있는 표준 따윈 전혀 신경 쓰지 않았다. 그는 자기 자신으로 존재하는 걸 허락한 사람이다. 이런 것이 진정한 자기만의 길이라고 할 수 있을 것이다. 누군가의 조롱을 관심으로 여길 만큼 열등감보다 자기애가 강했다.

그렇게 나의 뮤즈, 앙리 루소를 만나 나를 되돌아보았고 나는 행동을 결심하게 되었다. 언제가 되었든 새롭게 시작하기에 늦은 때란 진짜 없다는 사실을 깨닫게 된 것이다. 더 이상 머뭇거리지 말고 자리를 박차고 일어서라는 뮤즈의 외침이 들렸다. "누가 잘 닦아놓은 길을 뒤따라 걷지 말고 진짜 자기 길을 가라"고 말이다.

무명 작가의 여정은 심심하고 지루할지 모르지만 나는 지금 애쓰지 않고 충분히 즐기고 있기 때문에 행복하다. 그리고 그 덕분에 지금은 내 삶도 충분히 괜찮다고 여기며 살게 되었다.

Chapter 3

박수근의
시선을 따라가면

엄마의 꿈

엄마는 커서 뭐가 될 거예요?

엄마의 어릴 적 꿈이 뭐예요?

라는 질문이 아니었다.

엄마도 자신처럼 미래를 꿈꾸는 사람으로 생각해주는 것 같아 고마웠다. 나는 고심했다. 무엇이 될 거라고 해야 하지? 지금이 아닌 모습을 이야기해야 하는 거지?

'엄마는 말이야…….'

생각하기 전에는 몰랐는데 해보고 싶은 게 너무 많다.

두루뭉술하게 이것저것 떠오르지만 말할 수 있는 것은 하나도 없었다. 아이를 키울 때는 정신없이 하루가 끝이 나고, 시작했다. 처음 겪는 육아의 현실에서 벗어나고 싶다는 생각을 하곤 했지만 구체적인 계획은 언제나 생각으로 그쳤다. 저리도 순수한 질문을 해주는 딸 덕분에 진지하게 생각에 잠겼다.

생각한다고 과연 이루어질까. 좋아하는 일 말고 잘할 수 있는 것을 해야 하겠지. 얽매이지 않고 할 수 있는 일이란 과연 있긴 할까. 그럼에도 불구하고 너는 그랬으면 좋겠다. 나도 안 되는 걸 너는 되었으면 하고 바라는 나란 사람은 '너처럼 계속해서 성장 중인가 봐'.

여성을 소재로 그린 화가

엄마와 아이의 그림이 하나 떠올랐다. 서민들의 일상적인 모습에 관심을 가지며 여성을 소재로 그림 작업을 꾸준히 해나간 화가 박수근의 그림이다.

박수근의 그림에는 여성 소재가 많다. 집 안팎에서 집안 살림을 꾸려 가려고 헌신적으로 일하는 전통적인 어머니,

딸, 아내의 모습을 담아내고 있다.

박수근의 그림을 보면 주로 전신상이다. 얼굴이나 의습은 세부적으로 묘사하지 않는다. 한국 여인들의 일상적인 모습, 농촌 생활, 나무와 아이들의 모습을 보고 그렸지만 어떤 특정인이 아니라 그 시대를 살아가는 서민의 애환을 그렸다. 그림을 통해 자신의 일생을 그 안에 담아낸다.

인내하는 삶의 전형적인 모습을 보여줄 수밖에 없는 가난한 시절이었다. 이 시대를 치열하면서도 성실하게 살아내야 했던 여성이라는 소재가 박수근에게는 특별했다. 예술이란 현실과 이상 사이에서의 괴리감이기도 하지만 결국 현실이 곧 이상이 되는 것이 예술이기도 하다.

박수근(1914~1965)

박수근은 강원도 양구군에서 6남매 중 맏아들로 태어났다.

일제 식민지 치하, 해방, 6 · 25전쟁 시대를 거치고도 한국 근현대 미술사에 큰 획을 그은 한국적인 작가다. 박수근은 살아생전 미술(국전)에서 열외였다. 사후에 유명해진 화가다. 한 세기 전, 부유하지 않은 환경에서 독학으로 미술

공부를 했다. 열정과 끈기로 그린 그림에는 우리의 정서가 진솔하게 담겨 있다.

한국적 정서에 현대적 감각까지 더해진 박수근의 그림은 미군을 비롯한 외국인들에게 독특한 화법으로 먼저 인정받기 시작하면서 현재, 한국 미술 시장에서 최고가 작가로서 자리매김하고 있다. 자신만의 방법으로 토착화한, 화강암을 연상시키는 투박해 보이는 질감 기법은 당시 서양 그림의 감각과 비교해 봐도 경쟁력 있는 그림으로 평가받았다.

개화된 기독교 집안이라는 가정환경과 부유한 생활 속에서 성장한 박수근은 어린 시절 프랑스 화가 밀레의 〈만종〉을 보며 화가가 되겠다는 꿈을 꾸었다. 그림에 소질을 보인 박수근은 일본인 교장선생님과 담임선생님의 도움으로 그림을 배울 수 있었지만 갑작스러운 아버지의 사업 실패와 홍수 탓에 폐농하면서 일본 미술전문학교에 입학하려던 꿈을 접을 수밖에 없었다.

그리고 어머니를 유방암으로 여의게 되면서 아버지는 돈을 벌기 위해 가족들을 남겨두고 떠나게 된다. 박수근은 가정을 책임져야 하는 가장 역할을 맡을 수밖에 없는 상황을 맞았다.

그럼에도 불구하고 그의 그림에 대한 열정은 쉽게 사라지지 않았다. 어떻게든 그림을 그릴 수 있는 기회를 찾는다.

독보적 미술 세계

박수근은 화강암의 질감을 나타내려고 여러 번 물감을 쌓아올리며 자신만의 독특한 마티에르를 창출했다. 마치 돌에 조각한 것 같은 느낌이 든다. 그림을 가까이에서 자세히 들여다보면 형태가 명확하게 구분돼 보이지 않는다. 그래서 가까이에서 보기보다 한 발짝 물러서서 그림을 바라보아야 그가 의도한 표면의 느낌과 주제를 읽을 수 있다. 원근감과 명암을 배제해 평면적이다. 보통 그 당시의 애환이나 한국적 정서가 짙게 깔려 있는 현실적 주제를 그렸다.

그는 정식 미술 교육을 받지 않았기 때문에 일본화의 직접적인 영향을 받지 않았고, 서구의 작품을 그대로 모방하지도 않았다. 아카데미즘적인 회화 방식 또한 답습하지 않은 덕분에 박수근의 독보적 미술 세계가 나타날 수 있었다.

나는 무엇을 쫓아가야 하는가.
쫓아가야 하는 꿈은 무엇인가.
현실에 쫓기고 있는가.

현실에 순응해야 하는 가장으로서의 무게감과 이상을 꿈

꾸는 자신과의 괴리감이 견디기 힘들었을 것이다. 그래서 나약해 보이지만 결코 약하지 않은 여자의 삶에 공감하고 자신의 열등감을 극복해 나가지 않았을까.

여성을 주제로 그리면서 자신은 어떤 희망을 품었을까.

여성의 애환에 공감하면서 자신을 그 안에 투영한 것은 아니었을까.

박수근은 진정 그 시대의 어머니를 사랑했고 아내를 사랑했다. 꿈보다 그저 현실을 받아들이는 것만이 최선이었던 그 시대의 여성을 남자인 박수근의 눈으로 바라보았다. 당시 여자의 삶을 이해한 유일무이한 남자의 시선이 느껴진다.

그의 그림 〈강변〉은 아주 오래 전 기억 속 장면처럼 차분하면서 서정적이다. 파노라마 형식으로 이파리 없는 나무 사이사이로 소녀와 여인, 그리고 아이를 업은 여인들이 보인다. 사람이 나무처럼, 나무도 사람처럼 한데 어우러져 살아가고 있는 우리의 여정은 여전히 진행형이다. 오래도록 꿈과 이상을 잃지 않았으면 좋겠다.

당신은 지금보다 더 커서 무엇이 되어 있으면 좋겠는가?

Chapter 4

요하네스 베르메르의 주인공처럼

조건 없는 행복

가을 찬바람, 싱그러운 초록 잎이 아닌 알록달록 물들어 떨어진 구멍 난 잎사귀조차 사랑스럽다. 하늘은 높고 흘러가는 구름마저 절로 감탄을 지르게 한다.

나는 여태껏 이 계절을 보지 못했던 것인가.
난 이 계절을 처음 맞이한 것처럼 모든 것이 새롭다.

괜찮아요.
아무것도 하지 않아도 괜찮아요.
반성하지 말아요.

지나간 것은 벌써 흔적을 남겼지만 이제 어쩔 수가 없어요.

우린 또 다른 가능성이 있는 곳을 경험할 뿐이에요.

나는 더 이상 두려워하지 않아요.

그리고 더 이상 강요하지 않아요.

나에게 그리고 타인에게도 있는 그대로를 허용해요.

있는 그대로를 사랑해요.

나는 더 이상 나를 미워하지 않아요.

나는 더 이상 내 삶을 걱정하지 않기로 해요.

-작가 노트-

느낌은 생각보다 더 정확하다. 그때도 그랬고 지금도 변함없다. 주위 환경은 변하지 않고 그대로다. 사물을 보는 관점만이 변화했을 뿐이다.

나를 비롯한 대부분의 사람들은 일어나는 현상을 왜곡하는 경향이 있었다. 여전히 SNS의 사진은 웃고 있고 그저 행복한 찰나를 보내고 있다.

지인들을 오랜만에 만나면, 요즘 많이 바쁘죠, 좋아 보여요, 더 유명해지면 나 만날 시간도 없는 거 아니냐고 농담을 한다. 울산 라디오의 명화코너에 출연하면서 농담 반 진담 반으로 이런 얘길 자주 듣는다. 타인에게는 나도 SNS의

사진처럼 행복하게 비치고 있었다.

'과연 그럴까'

나는 왜 이것을 인정하지 못하고 애써 부정하려는 것일까.

도대체 행복을 위해 무엇을 갖추어야 하는 거지?

사실은 행복한 삶을 살기 위해 필요로 하는 것은 없다. 조건이 있다고 생각한 건 순전히 사회의 요소에서 비롯된 거짓, 나의 착각이다. 그래서 지금 나의 행복을 또는 그렇게 보이는 것을 더 이상 부정하지 말자 다짐했다. 마음먹자 침이 꼴딱 삼켜진다.

'이게 미처 깨닫지 못한 행복일지도 모르니까'

그림의 첫인상

요하네스 베르메르는 북유럽 네덜란드의 모나리자로 불리는 〈진주 귀고리를 한 소녀〉를 그린 화가다. 사람들은 그의 그림을 보면서 '슬프다, 외롭다'고 말한다. 그리고 어떤 이늘은 편안하다, 한가로운 느낌이 들어 행복하다고 말한다. 그러고 보면 같은 그림을 보고 다르게 느끼는 것이 신기하다. 같은 방향을 바라보고 있어도 눈에 담고 있는 것은 다르다. 그러니 각자 느끼는 것이 다르다 해도 이상하지 않는 일인데도 그저 재미있다.

그 화가는 이 그림을 그렸을 때 어떤 마음이었나요.

글쎄요. 어땠을까요?

우리 있잖아요.

누가 그랬다더라 말고 우리 느낌이 어떤지 이야기해볼까요?

대부분 화가의 이야기보다 그림을 해석하는 평론가의 이야기를 좋아했다. 그림에 대한 느낌을 물어보면 불편해하시는 분들이 종종 있다. 그래도 나는 그림을 마주할 때마다 첫인상을 먼저 물어보곤 한다.

"유명하다 하니 '좋은가 보다' 생각했어요"

"왜 유명한 건지 모르겠다는 생각만 했지 내 느낌을 생각해보지는 못했네요."

"내가 따라 할 수 없을 만큼 잘 그린 그림은 인정할 수 있는데 그렇지 않은 그림들은 설명을 들어도 마음이 인정이 안 되더라."

"수학은 15분이면 궁금한 거 다 해결해줄 수 있는데 미술 공부는 한 시간을 들어도 해결이 안 된다."

첫인상에 대한 질문을 하면 돌아오는 반응이 참으로 다양했다.

그림이 그토록 어렵게만 느껴지는 이유는 그건 우리가 평소 자주 사용하는 뇌의 영역이 다르기 때문이지 않을까. 그림에 대한 느낌에도 정답이 있다고 생각하기 때문이지 않을까.

나는 그림을 보았을 때 드는 첫인상을 무척 중요하게 여기는 편이다. 다양한 직업군과 환경에 있는 사람을 만나다 보니 내 생각과 완전히 다른 분들을 자주 마주한다. 처음에는 그림을 이해시키려고 엄청나게 노력했다. 하지만 요즘에는 그들의 생각을 존중한다. 하나를 가지고도 다르게 보는 것도 재미있고 같은 것을 보고 아무 느낌이 없는 것도 틀린 것이 아니니까 말이다.

어떻게든 남들이 유명하다는 그림에 스스로가 납득당하기 위해 찾아오는 분들이 계신다. 그리고 남들이 그 그림을 어떻게 보고, 말했는지를 중요하게 생각하는 사람들은 평론가의 평가를 중요시했다. 그래서 강의 들으러 오시는 분 중에 전공자 못지않게 그림 공부를 열심히 하시는 분들이 종종 계셨다.

역사와 미술은 관련이 깊다. 그림의 의도를 짐작하는 측면에서 시대 배경과 화가의 가정환경을 아는 것은 큰 도움이 된다. 시대 배경으로 그림의 탄생 배경을 유추할 수 있고 화가의 삶의 목표를 알면 그림의 변화 과정을 보며 심경 변화를 살펴볼 수 있다.

나는 그림을 평가하지 않는다. 나는 평론가가 아니다. 그럴 마음이 조금도 없다. 그건 내가 그린 그림을 평가받고 싶지 않은 그 마음과 같다. 나는 단지 있는 그대로를 받아들이는 그 시간을 즐긴다. 그림에 대한 내 느낌을 종이 위에 끄적거리거나 가만히 그림을 들여다보는 시간을 좋아할 뿐이다. 화가의 마음을 담은 그림이 있고 관람객을 위해 그린 그림이 있듯 의도는 그림마다 다르다. 그렇기 때문에 모든 그림을 이해하겠다며 분석하는 일은 무의미해 보인다.

일상이 그림처럼 아름다울 수 있다면

그림을 통해 내 일상을 다시 더듬어본다. 나의 막연한 생각을 그림으로 정리한다. 일상적 주제를 이야기할 때는 요하네스 베르메르의 그림을 즐겨 다루는 편이다. 그는 등장하는 인물들을 사진처럼 자세히 묘사하고 있다. 그가 바라본 일상은 평화롭고 고즈넉하다. 외형 묘사뿐 아니라 색감의 아름다움이 편안함을 더한다. 베르메르가 일상을 그린 그림 속 주인공은 대부분 집안일을 하고 있다. 그래서 주로 움직이는 장면인데도 불구하고 동적인 느낌보다 매우 고요하고 정적인 느낌을 준다. 마치 앨범을 꺼내 지난 추억을 보는 듯하다. 바쁜 아침을 보내고 나면 기다리는 식사 시간이 찾아온다. 햇살이 내 몸 위로 지나가면 나는 나른해지는 몸을 어딘가에 기대고 눈을 감는다. 흐뭇하게 바라보고 있는 누군가의 시선이 느껴진다. 베르메르 화가의 시선이다. 마치 내가 베르메르의 주인공이 된 것처럼 상상하니 소녀처럼 부끄러워지면서 기분이 좋다.

나의 일상도 그림으로 남겨 놓는다면
이처럼 수수하고 따뜻하면서 아름다울 수 있을까.

나는 좀 전에 빨래가 다된 세탁기 뚜껑을 열면서 '참 쓸데없이 시간 많이 뺏어가네' 하며 투덜거렸다.

그리고 빨래를 꺼내서 건조대에 널다가 '아, 이거 마르면 개어 자리에 넣어야 하는데' 하며 그냥 놔두고 필요할 때 하나씩 걷어 입어야겠다고 생각했다. 이렇게 나는 집안일을 하는 면에서는 그다지 부지런하지 않다. 좀 전까지 요하네스 베르메르 그림을 보며 글을 쓰다가 일상의 소소한 장면을 그린 그림을 만날 때는 순간 멍해졌다.

아름답다. 소소한 이 일상이 이처럼 아름다울 수 있나.

세탁기 뚜껑을 열면서 빨래는 꺼내는 내 모습도 저리 아름다울 수 있을까.

아…… 혼자 보기 아깝구나.

그래서 사람들에게 요하네스 베르메르의 그림을 설명할 때마다 해주는 이야기가 생겼다.

"오늘 설거지하셨죠? 그 장면이 이 그림처럼 아름다운 거 아세요?"

사람들이 웃는다. 설마 매일 반복되는 집안일을 하며 아름답다고 생각하는 사람이 몇이나 될까. 아니 있긴 할까?

그래. 웃을 만하지. 이런 매일 반복되고 쓸데없이 할 일 많은 가사가 아름답다고 생각하는 사람은 드물 테니 말이다. 나는 오늘 우리의 일상을 담은 그림 속 주인공을 떠올리며 우아하게 빨래와 설거지를 해본다. 나도 모르게 피식 웃는다.

내가 그림 속 주인공이라 생각하니 스스로 무척 사랑스럽다. 사랑받는 기분이 든다. 이 느낌을 주위 사람들에게 말해주고 싶었다. 자신이 자신을 사랑해주는 가장 쉬운 방법이 아닐까. 사랑받고 있음을 느낄 때 우리 내면에 평화가 찾아온다. 행복은 멀리 있는 게 아니었다. 우리의 소소한 일상이 그림처럼 늘 아름답다.

Chapter 5

피에트 몬드리안과 성격 검사

정리 정돈이 필요해

쉼이 필요한 날에는 군더더기 없는 몬드리안을 감상하는 것만 한 것이 없다. 복잡한 감정이 '생각 없음'으로 편안하게 바뀌는 특효약이다.

'명화에 비친 우리의 삶'을 주제로 작은 도서관에서 명화 강의를 하기로 한 날이다. 이날 네덜란드 화가 몬드리안에 대한 이야기를 풀어놓을 참이었다. 그러고 보니 고흐, 베르메르, 몬드리안처럼 대중에게 사랑받는 네덜란드 화가들이 많다. 개인적으로 이 화가들을 좋아한다. 작은 도서관으로 가는 길에 보니 아파트 입구 벽면에 몬드리안의 그림이 한 눈에 들어온다. 그리고 도서관에 들어서니 서가에 야무지

게 꽂힌 책들이 보인다. 마치 딱 맞춰 준비해온 그림 같다는 생각이 든다. 우연이다.

유난히 정리 정돈이 잘되어 있다. 도서관이라 당연한 거겠지 하면서도 다른 곳에서는 느끼지 못한 이 느낌.

'유난히 그렇게 느껴지는데 이유가 뭘까.'

오늘 오신 분 중에 몬드리안 그림을 평소에 무척 좋아하던 분이 계신다. 내가 준비한 그림을 좋아하는 사람을 만나면 반가운 친구와 조우하는 느낌이랄까. 아무튼 좋다.

피에트 몬드리안

당시 예술가들이 흔하게 유학을 떠나던 분위기와 다르게 몬드리안은 마흔이 되도록 네덜란드를 떠나지 않는다. 유학을 통해 배워야 한다는 특별한 이유를 찾지 못했기 때문이다. 자신이 태어나고 자란 곳에서 작업하며 학생들에게 그림을 가르치는 일을 하고 있었다. 그러던 어느 날 암스테르담에서 현대예술 그룹전이 개최되었다. 우연히 찾은 몬드리안은 피카소를 비롯한 입체파 회화를 보고 신선한 충격을 받는다. 그것이 계기가 되어 그는 하던 일을 정리하고 파리로 유학길에 오른다.

훗날 몬드리안은 추상회화의 대표적인 인물이 된다. 그가 그린 수많은 작품 중 대표작은 삼원색인 빨강, 파랑, 노랑 그리고 무채색인 흰색, 검정색, 회색으로 그린 그림이다. 그는 작업실도 그림처럼 삼원색과 무채색만으로 꾸며놓았다. 배경과 물건의 배치는 그림과 같이 직사각형 틀 안에 있고 모든 가구는 회색, 검정이다. 그의 작업실에서 유일한 빨강은 오디오뿐이었다.

엄격하고 기하학적인 추상작품. 그의 그림에는 군더더기가 없어 좋다. 마음이 복잡할 때 그의 그림에 눈을 두고 멍때리고 있으면 금방 편안해진다.

그의 그림을 좋아하는 이유를 생각해보았으나 달리 있을까? 그냥 좋다. 질서가 있고 공간이 있다. 그래서 평온함을 느낀다. 마치 어느 구석진 곳에 있는 푹신한 소파에 앉아 있는 기분이랄까.

그림을 보면 어떤 느낌이 드세요?

“편안해요.”

"갑갑해요."

이렇게 호불호가 갈린다.

편안하다고 하시는 분에게 여쭈어보았다.

혹시 집 안에 있는 물건들이 그림처럼 반듯하게 정리되어 있으신가요?

수줍게 그렇다고 고개를 끄덕이신다.

그림은 화가의 성격을 닮는다. 그러고 보니 오래전에 혈액형으로 성격 맞히기가 유행했던 적이 있었다. 물론 요즘에도 "혈액형이 뭐예요?" 하고 물어보는 사람들이 종종 있는데 오랫동안 유용하게 쓰이는 거 보면 그럴 듯한 면이 있나 보다.

과학적으로 근거는 없지만 은근히 맞는 구석이 있어 재미가 있다. 짧은 시간에 상대의 성격을 파악하는 데 유용하다. 그래서인지 어떤 사람은 자신의 혈액형을 절대로 가르쳐 주지 않는다. 나는 몬드리안의 그림과 잭슨 폴록의 액션 페인팅 그림을 이야기할 때 재미삼아 그림의 선호도와 취향을 살짝 여쭈어본다. 그러면 짧은 시간에 그들의 성격 유형과 평소 어떤 환경을 선호하는지도 대번에 알 수 있었다. 맞히는 확률이 높아 상당히 흥미롭다. 그림 이야기를 하며 사람들을 많이 만나다 보니 우연하게 발견하는 것들이다. 역시 우리의 삶이 그림이고 그림이 우리의 삶이라는 생각을 좀 더 확신하게 된다.

"여태껏 그 이유를 몰랐는데 몬드리안의 생각과 제 생각이 닮은 것 같아요."

아파트 입구 벽면에 그려진 몬드리안의 그림을 매일 그 자리에 서서 한참 보고 온다고 하신 분이다. 더 놀라운 건 그 옆에 계시던 분이 깜짝 놀라며 하신 말이다.

"맞다. 아파트 입구에 그림이 있었지?"
"이사 왔을 때 그 그림을 보고는 오랜 시간 동안 그림의 존재를 잊고 있었네."

이처럼 우리의 관심사가 아닐 경우에는 보고 싶은 것만 보이고 듣고 싶은 것만 들리는 일이 흔하다. 도서관에 들어왔을 때 유난히 정리 정돈이 되어 있는 듯했던 느낌에 대한 답을 그제야 찾았다. 서가에 꽂힌 책들의 높이가 똑같다. '이게 가능한 거구나.' 그리고 몬드리안 그림을 좋아하는 그

분이 이 도서관 사서분이라는 사실도 알게 됐다. 그제야 나는 고개가 끄덕여졌다. 마치 몬드리안 작업실처럼, 삼원색 그림처럼 말이다. 자신의 적성에 너무나도 딱 맞는 직업을 가진 그분 덕분에 도서관이 정리 정돈이 잘 되어 있다.

나는 초록색이 싫더라

흰색은 배경으로 인식하고 검정은 모호한 형태의 요소를 수직과 수평으로 분할하는 역할을 했다. 파랑은 후퇴 또는 창공, 수평선을 그리는 바다와 같은 기분이 든다. 노랑은 빛, 태양이 아닐까. 빨강은 노랑과 파랑과 조화를 이루어 앞, 위에 위치하고 있다. 그런데 가만히 들여다보면 왜 그의 그림에는 초록색이 없을까 하는 의문이 든다.

몬드리안은 자연의 무질서함이 싫었다. 바람에 날아다니는 나뭇잎은 더더욱 보기 힘들다. 유명한 일화가 있다. 그의 작업실에 친구가 튤립을 사가지고 왔는데 초록 줄기와 잎을 흰색으로 칠했다는 이야기다. 친구의 집에 초대받아서 갔을 때도 그랬다.

앉은 자리가 창을 향하고 있었는데 창밖으로 바람이 불

때마다 나뭇가지가 흔들리고 잎이 떨어지는 모습을 보고 있자니 견딜 수 없었다고 한다. 그래서 자리를 옮겨 창을 등지고 앉았다는 이야기다.

그에게 초록은 자연이었다. 자연의 이미지를 색으로 표현한다면 우리도 초록이라 말하지 않겠는가? 질서 그리고 감정이 절제된 표현을 어떻게 할 수 있을까. 그는 정확하고 빈틈없는 절제가 좋았다. 그것을 표현하려고 검정의 수직과 수평으로 칸을 나누고 삼원색으로 질서와 안정감을 표현했다. 그 색은 우리의 전통 색인 오방색과 같다.

몬드리안의 그림에 깊이 관심이 없을 때는 우연이라 생각했다. 우연을 가장한 필연이든가.

지혜로운 지식을 그림으로 담다

몬드리안의 아버지는 초등학교 교장이면서 아마추어 화가였다. 아마 예술적 재능은 아버지로부터 물려받은 듯하다. 청교도 집안에서 자란 몬드리안은 동양 신앙과 종교 철학을 연구하는 신지학에 관심이 많았고 그것이 자연스럽게 작업에 중요한 영향을 주었다. 신지학은 신들의 학문, 신성

한 지혜 혹은 신들의 지혜라는 의미를 가지고 있다.

역사적으로 보면 평등한 사회를 만들고자 혁명이 일어났다. 그러나 모두가 바라던 대로 '평등한 사회가 왔다'고 이야기하면 좋았겠지만 오히려 현대에 와서는 권력층의 지배가 더 교묘해졌다. 겉으로는 모두가 자유롭고 평등한 존재라고 하지만 실제로는 그 반대다. 이러한 생각들은 종교에서도 마찬가지이다. 이런 생각을 가지고 있던 몬드리안에게 신지학은 새로운 곳으로 눈을 돌리게 하는 계기가 되었다. 인간의 이기심에서 진리를 찾은 화가에 의해 기존에 있던 그림과 완전히 다른 그림이 탄생한 것이다.

그가 음양오행 사상에 큰 관심을 보인 것도 신지학의 영향이다. 음과 양, 여자와 남자, 물질과 정신, 빛과 암흑, 하늘과 땅과 같은 대립을 통한 합일을 찾는다. 그리고 그 대립을 통해 균형이 이루어지는 조화를 표현하고자 했다.

과학적 지식은 다 옳은 말일까. 지배계층의 말에 우리는 속고 있는 것인지도 모른다. 과학적 지식만이 정답이라고 생각하는 사람들은 진실과 거짓을 보는 눈을 잃었다. 나는 몬드리안이 그랬던 것처럼 새로운 세계로의 여행, 마음 여행을 선택하기를 원한다. 그의 그림에 숨어 있는 심오한 생각과 마음을 찾아가는 여행은 무척 설레는 일이다.

단순히 칠해진 것이 아니다

이제 그림에 자리하고 있는 빨강, 파랑을 바라보고 있자면 그것이 단순히 칠해진 색으로 보이지 않는다. 이 단순하고 절제된 그림 하나를 그리기까지 몇 달에서 몇 년이 걸렸다는 것을 이해할 수 있다. 내가 이 그림을 매개로 나를 생각하고 우리를 떠올리고 서로를 위로하며 이야기할 수 있는 것처럼, 단순한 그림이 아니다.

그림을 가만히 들여다보면 마음에 에너지가 충전된 듯 기분이 차분해지고 미소가 지어진다. 아주 신기한 그림이 아닐 수 없다. 아는 만큼 보인다 하지만 보는 만큼 보이기도 한다는 것을 그림을 통해 매일 배운다.

Chapter 6

폴 잭슨 폴록의 부정형 삶

맨날 술이야

술은 인맥을 만들어주었고 술은 사람과 깊은 대화를 할 수 있도록 해주었고 그리고 술은 흔적을 남겼다.

숙취로 하루를 시작하던 날. 머리가 아프고 마음도 불편하다. 전날 마음속에 꽁꽁 숨겨둔 말들이 풀린 실타래처럼 술술술 풀어져버렸다. 큰일은 일어나지 않았다. 용기가 필요해 술을 마셨다면야 몰라도 그게 아니라면 하지 않아야 하는 것이 말이다. 타인의 낯선 모습이 불편하듯 고삐 풀린 내 마음도 낯설기는 마찬가지다.

술을 좋아하는 사람들이 공통적으로 하는 말이 있다. '술이 좋다기보다 사람이 좋아 마신다'고 말한다. 하지만 대부분 내가 아는 이들은 술이 좋아 사람을 만난다.

작정하고 만나지 않는 이상 밖에서 술을 거의 하지 않는다. 나는 집에서 혼술을 즐긴다.

오늘 저녁, 깊은 커피 잔에 얕게 채운 매실주를 담아 놓고 노래를 듣다 보니 깊은 잔이 가득 찬다. 나 그리고 음악이 있으면 술에서 투명한 회색 맛이 난다. 삶이란 무엇일까. 또 어디론가 흘러가고 있다. 잡아야 한다. 멀리 가지 않도록 나를 부여잡아야 했다. 노래가 가진 파장이 내 침울해진 생각과 '지지직' 하고 만나면 그 노래는 무한 반복이 된다. 때문에 금세 침울해지고 심해로 깊어진 마음은 지상으로 올라올 기미를 보이지 않는다. 아마도 나는 이것을 즐기고 있었던 것 같다. 행복을 쉬지 않고 쫓고 있지만 아무리 쫓아가도 그 자리에 없다며 슬퍼하는 일을 말이다. 환영 속에만 존재하고 있는 것을 쫓는 나는 얼마나 소용없고 어리석은 사람인가. 알면서도 계속 쫓아가고 있는 나를 그만 헤어 나오게 하고 싶었다.

외면하고 싶었던 거겠지.

없어. 거기엔 네가 찾는 행복이 없어.

없으니 마음은 아프다.

갑자기 존재의 의미가 궁금해졌다.

태어나는 것은 선택할 수 없다 하더라도 어떻게 살아야 하는지는 선택할 수 있다고 생각했으니까. 그래서 스스로가 멈추고 싶을 때까지 물어보기로 했다. 존재의 이유를 꼭 찾아야 했다.

지식에 대한 의존도가 높은 사람은 비이성적인 면을 상당히 불편해한다. 그중 하나가 영적인 영역이다. 다행히 나는 지식에 대한 의존도가 높은 사람이 아니다. 나는 그것을 나의 유연함이라 표현하고 싶다. 나의 장점이다. 필요하다면 듣고 싶은 이야기를 언제든 들을 준비를 하고 있다. 하지만 나의 내밀한 이야기를 구구절절 풀어놓을 생각은 없다. 단지 듣고 싶을 뿐이다. 나는 그게 무엇이 되었든 생각이 많은 나와 헤어질 필요가 있다는 것을 안다. 그러려면 나는 무언가를 이해해야 했고 필요하다면 영적인 영역까지 탐구해볼 의향이 생겼다.

오랫동안 불합리하게 일어나는 일들을 향한 분노를 버리지 못하고 있었고 나는 그것을 아무리 노력해도 용서할 수 없었다. 나에게 용서할 용기가 필요했기 때문은 물론이고 나에게 가득 차 있는 두려움을 버리기 위해 술을 마시고 느슨하게 풀어헤쳐 놓았다.

마시고 기억나지 않는 것이 알코올 중독이 아니다. 밖에서 정처 없이 집을 못 찾고 다니는 게 알코올 중독이 아니다. 매일 그 시간에 알코올에 의지해 자신의 무언가를 술로 채우려 한다면 중독이지 않은가. 혹시 당신도?

확실한 건 언제부턴가 내가 일정한 시간에 나를 괴롭히고 있다는 사실이다. 그렇게 자각한 날로부터 나는 다짐한다. 이별을 말이다.

이 화가처럼 기억을 잊으려다가 완전히 잃어버리기 전에 나는 나를 찾아 나섰다.

폴 잭슨 폴록

술을 좋아했던 화가. 어쩌면 진짜 좋아했던 것이 아니라 술이 그 사람의 빈자리를 채웠다. 그러고는 조금씩 갉아먹었다. 결국 지배당하고만 그는 어쩔 수 없는 선택을 할 수밖에 없었다.

술이 가져다주는 느슨함.

술이 가져다주는 편안함.

술이 가져다주는 안도감.

하루 종일 말 한마디 하지 않으며 자신의 생각을 표현하는 데에 어려움마저 느끼던 화가 잭슨 폴록은 우리의 모습이다.

폴록은 1912년생으로 본명이 폴 잭슨 폴록이다. 예술가가 되겠다는 결심을 한 배경에는 가족의 영향이 크게 자리잡았다. 그의 모친은 예술가가 되고 싶었던 자신의 꿈을 아들들이 이루어주길 원했다. 고등학교 때 미술 수업을 받으면서 그 수업에서 신지학과 현대미술을 배우게 된다. 이후 그는 좌익사상에도 관심을 가지면서 공산주의 모임에 참가해 멕시코 벽화를 그리던 디에고 리베라(프리다 칼로의 남편)의 작품을 보고 감명을 받기도 한다. 이런 유년 시절을 지나 성인이 되었을 때 폴록은 자주 정신분열 증세로 힘들어했다. 이유는 폭음이었다. 증세는 돌발적이었고 상당히 위험했다.

폴록은 만취하면 완전히 다른 사람이 되었다. 친구의 전시회에 가서 그림을 마구 찢어버리기도 했다. 친구의 아파트로 찾아가 잔뜩 주워간 돌들을 하나씩 던지면서 창을 깨뜨리기도 했다. 그러니까 아주 규칙적으로 미치광이 짓을 했다. 다음 날 술에서 깨면 폴록은 화실에서 몇 시간이고 움직이지 않았다.

'이 시기에 폴록은 자살을 생각하지 않았을까?'

다행히 그는 죽음의 길을 선택하지 않고 치유를 선택한다. 누구나 살아야 할 이유는 한 가지쯤 가지고 있으니까. 그것이 죽음에 대한 두려움이었다 할지라도 말이다.

여류화가였던 리 크레이스너의 내조를 받으며 폴록은 정신분석치료를 받고 알코올 중독에서 벗어나려 했다. 이때 그의 그림에 내적이고 환상적인 부분들이 나타나는데 무의식 세계에서 분출하는 이미지들이었다. 치료를 시작하면서 술로부터 멀어지게 되고 보통의 일상을 보내는 날들이 서서히 찾아왔다.

사람이 쉽게 변할 수 있다면

하지만 여전히 고독했고 사람들과 쉽게 어울리지 못했

다. 사람은 쉽게 변하지 않는 법이니까. 그 사람의 성정을 만드는 요인들이 있다. 그것은 타고나는 것, 즉 유전적인 것. 되돌릴 수 없는 유아기 때의 경험. 그가 살고 있는 시대 속 문화다.

알코올 중독 증세를 보이면서도 작업의 열정은 식었다가 불이 붙었다가를 반복한다. 그리고 더 많은 사람들의 관심 속에서 그의 예술 세계는 성장해갔다. 물론 성장이라는 것은 그의 내적 표현인 그림을 말한다. 자신은 조금도 변하지 않았다. 자신이 왜 그러는지조차 알 수 없는 지경까지 가서야 다시 술을 마신다. 그가 가진 내면의 상처, 본질적인 문제는 치유가 되지 않았다. 그의 오랜 습관은 시시때때로 모든 것을 다시 되돌려 놓았고 잦은 폭음으로 작품을 하지 못하는 때가 많아졌다. 다시 그 문제가 부인과 불화를 일으켜 그녀는 떠났다. 폴록에게 다시 큰 시련이 닥쳤다.

자유로움 혹은 그 반대의 것

폴록의 작업은 단순하면서도 놀라웠다. 무언가를 표현해야 한다는 기존 개념을 완전히 무시했다. 그림을 그리는 것이 아닌 행위 자체를 중요시했다. 행위에 몰입해버리면 그는 모든 것을 잊고 그림과 하나가 되었다. 마치 영화 〈그랑블루〉의 주인공 자크 마욜이 사랑하는 조안나를 남겨두고 어두운 바다 속 그 한줄기 빛을 선택한 것처럼 말이다. 폴록은 자신의 세계로 완전히 빠져들곤 했다. 폴록의 그림은 올 오버 페인팅과 드리핑 기법으로 뒤덮여 있다. 에나멜이라는 상업용 페인트가 뿌려지고 흘러가며 완성되어 갔다. 마치 화면이 얼룩진 듯 보이기도 하는 자국은 그의 무의식의 표현이었을 것이다.

대체로 제명이 문학적인 성격을 띠고 있던 때다. 그의 그림에 붙은 〈매혹의 숲〉, 〈다섯 길의 심연〉, 〈대성당〉, 〈루시퍼〉와 같은 제목은 올 오버 페인팅에 어울리지 않는 이름이다. 폴록이 제명을 붙인 것이 아니라 친구이자 문학가였던 랄프 만하임이 힌트를 내 붙였기 때문이었다. 작품에서 억제할 수 없는 감정의 표현이 드러난다.

폴록은 어느 날부터 작품의 제명을 번호로 바꾼다. 형태를 찾을 수 없는 그림에서 제목이 주는 환상을 완전히 떼어내 버린 것이다. 대중은 우연한 결과에 놀랐지만 그는 스스로 우연이라는 것의 역할을 부정했다.

내가 그림을 그릴 때 나는 내 주위의 것에 대한 일반적인 개념을 가지고 있다.

나는 물감의 흐름을 조절할 수 있다.

우연이란 있을 수 없다.

-잭슨 폴록-

우연으로 보이는 그의 그림에서 우연성을 부정했다. 그의 말을 곱씹어 생각해보았다. 진짜 우연이 아니라면.

우연한 행위로 보았던 그의 그림이 철저하게 계산된 것이라면……

이건 자유롭지 못한, 통제된 그의 마음이었다.

자국을 남기다

2차 세계대전 승전국인 미국이었지만 예술계에선 변방이었다. 당시 뉴욕에서 피카소가 엄청난 인기를 얻고 있었는데 다른 화가들에게 많은 영향을 미친다.

빌어먹을 피카소

망할 놈의 피카소
제기랄 피카소
그놈이 다 해 처먹었어.

이렇게 욕하면서 잭슨 폴록은 그를 뛰어넘는 무언가를 찾으려고 애썼다. 평면회화부터 빛의 예술까지 모든 장르를 섭렵한 피카소는 다른 화가들이 새로운 시도를 하는 것 자체를 불가능하게끔 만들었다. 많은 화가들이 피카소를 넘어설 수 없으리라는 절망감에 빠졌을지도 모른다.

어느 날 우연히 붓끝에서 흘러내린 물감이 마룻바닥에 떨어져 번진 모습을 보고 폴록은 캔버스에 물감을 뿌려대기 시작했다. 이것이 우리가 알고 있는 액션페인팅의 시초다.

선도 아닌 부정형의 자국들이 바닥에 누운 천 위에 떨어져 대작이 탄생한다. 새로운 공간 개념이 탄생한 것이다.

그의 그림에는 틀이 없다. 그러고 보니 너무나도 대조적인 그림이 몬드리안의 오색 그림이다. 너무나도 다르다. 폴록의 그림은 마치 스쳐지나간 사람의 흔적인 양 앞도 뒤도 위도 아래도 자국과 흔적뿐이다. 얽히고설킨 거기 서서 울고 웃던 지난 시간들은 그렇게 형태가 사라지고 자국만 남겼다.

몬드리안의 그림을 보고 편안함을 느끼는 사람들이 대체로 폴록의 그림을 보면서 인상을 찌푸렸다. 이십대 때는 몬드리안의 그림이 주는 여백보다 잭슨 폴록의 그림처럼 엉킨 실타래의 느낌이 좋았다. 지금은 정리 정돈이 필요한 내 삶을 반영한 몬드리안의 그림에 끌린다. 세월에 따라 성향이 조금은 변하는가 보다. 그림 취향도 바뀌는 것을 보면 신기하다. 잭슨 폴록의 무수한 선과 부정형의 자국이 차곡차곡 쌓여 그 이상의 무엇인가를 만들어냈다. 누군가에게는 이 그림이 그냥 자국일 뿐이고 누군가에게는 눈물처럼 보이기도 했다. 또 누군가에게는 '이 자국들을 지우고 싶어도 지울 수 없는 게 삶이더라'며 지나온 삶의 흔적을 떠올리게 하지 않았을까. 그렇게 그림에서 눈을 떼지 못하고 서서 눈물을 훔친다. 그림이 나의 마음을 읽어주듯 마음이 표현되었다고 착각하는 순간이 아닌가 싶다.

Chapter 7

크리스토,
너무 거대해서 존재하지 않는

내 것이지만 내 것이 아닌 것

"작가님. 있죠.

저는 개인적으로 저 그림이 왜 인기가 있는지 정말 모르겠거든요.

그런데다가 경매가는 제가 생각하기로는 너무 터무니없는 가격이에요.

어떻게 이해해야 한대요?"

좌뇌형과 우뇌형이 그림을 이해하는 극명한 차이이다. 우뇌형은 창작의 가치를 자연스럽게 받아들일 수 있는 반면 좌뇌형에게는 이러한 것들이 불편할 때가 있다. 우뇌형에게는 쉽게 받아들일 수 있는 당연한 것들, 창조는 마음속에서 본 것을 쓰고 그리고 조각하고 디자인한, 순수하게 생각이 만들어낸 결과물이다. 논리에 따라 움직이는 것이 아니라 느낌에 따라 움직인다.

모든 미술 작품은 그 화가가 살던 시대의 사회 분위기, 역사, 문화의 영향을 받는다. 중세시대에는 미술이 종교에 종속된 시대였기 때문에 종교적인 그림이 대부분이었다. 이후 르네상스시대는 화가들의 개성이 조금씩 빛을 보기 시작하는 시대이긴 했지만 종교와 후원자에 의해 좌지우지되기는 마찬가지였다. 산업혁명이 일어나고 과학 문명이 발달하면서 카메라 기술은 인간에게 절망이 아닌 희망을 선사했다. 더 이상 사실적 표현으로 재현할 필요가 없어졌으니 인간만이 할 수 있는 창작을 할 수 있는 기회를 준 것이다. 사진이 발명되자 이제 초상화는 사라질 것이라고 전망했다. 하지만 오히려 초상화, 자화상에 국한되었던 회화에 자유를 주는 결과를 가져왔다. 인간이 가진 생각과 감정을 표현할 수 있는 시대가 온 것이다.

인상주의. 표현주의. 초현실주의

사람들이 말하는 명화는 어떤 가치를 가지고 있을까. 수 세기를 지나오면서 화가는 생각도 소재도 방식도 다양하게 변화해갔다. 그 변화는 마디마디에 화가 개개인의 이야기를 담고 있다. 명화는 한 점의 그림이 아닌 그 이상의 가치를 지닌다. 시대와 문화 그리고 화가의 삶이 고스란히 담긴 결정체다. 그 시간의 가치를 소유하고자 하는 사람은 거액을 주고 그것을 구입한다. 당장 눈앞의 현실보다 중요한 것이 없는 사람에게는 범접할 수 없는 영역임이 틀림없다. 아무래도 그림에 붙는 가격은 그 그림에 가치를 매기는 사람들의 몫인 것 같다. 우리가 그 가치를 알아보지 못하더라도 슬퍼할 필요가 없는 이유는 어차피 개인이 소유하기에는 너무 많은 돈이 필요하기 때문이다. 그러니 현재 활동하는 화가의 그림을 수집하길 권한다.

나의 생각이 만들어낸 결과물을 가격으로 매긴다는 것.

결국 가치를 알아보는 사람들에게 달렸다. 더 쉽게 이해해보자면 인기 있는 연예인이 CF를 찍을 때 왜 고액을 받을까. 인기를 가치로 생각하므로 알아보는 사람들이 많아질수록 금액이 높게 책정되는 게 아니겠는가.

그들의 수장고에 들어간 그림은 대부분 우리가 상상할 수 없을 정도의 엄청난 금액이 지불된 것들이다. 나는 사실 그림의 가격이 놀라운 것이 아니라 그 그림의 가치를 알아보는 그들의 안목이 놀랍다.

그들은 어떻게 그 가치를 알아본 것일까.

유형에 대한 가치가 아닌 무형에 대한 가치를 알아본다. 명화를 소장하고 싶은 욕구는 일반인에게는 책 속의 그림 같은 이야기이다. 그래서 개인이 명화를 사고파는 것은 소수가 가진 취미이면서 특권이었다. 오래전부터 상업적으로 또는 개인의 취미로 그림들이 거래되어 왔고 그만한 수요가 있었다.

우리는 왜 명화가 전시돼 있는 고대 박물관이나 미술관을 찾아 갈까.

우리가 미술관을 찾아가 그림을 관람하는 것만으로도 그림과 그 지역의 가치를 올리고 있다는 생각을 해본 적 있는가.

미술관 수장고에 있는 그림이 아니라면 전시 관람비만 지불하면 볼 수 있다. 이 또한 멋진 일이다. 결국 가치를 알아보는 우리가 있기에 그림의 가격은 올라가는 것이다. 특정 화가의 전시를 꾸준히 보러간다는 것. 그리고 특정 미술관을 가면 갈수록 거기 소장된 그림의 가치는 더 올라가게 된다.

소유한다는 것

의식주가 해결되면서 문화를 비롯한 미(美)에 깊은 관심을 가지게 되었다. 나아가 여유가 생기고 나서 그림을 수집하거나 전업 화가가 아니라도 취미로 그림을 그리게 되었다. 산업혁명 이후부터 시대는 빠르게 변화해 갔고 예술품을 바라보는 시각 또한 완전히 변화해 갔다.

'돈을 지불하고 나면 그림을 소유할 수 있다'는 소유 개념 또한 변화를 맞이한다. 작업 현장이 곧 전시장이 되고 수집가나 화상들을 위해 작품을 생산하는 것을 거부하게 된다. 화랑과 문명사회로부터 떼어내 자연을 캔버스 삼아 생산해내는 대지미술은 값비싼 미술시장의 구도를 깨면서 작품을 소유할 수 없게 만들었다. 이러한 작업 활동을 하는 사람들을 대지미술가라 부른다. 대지미술은 개념미술, 설치미술의 한 흐름이다.

기존의 예술에 완전히 반한 대지미술은 엄청난 시간과 물량을 필요로 한다. 그리고 수십 년이 걸리는 대규모 프로젝트를 진행하는 데 수백 명에서 수천 명까지의 인원이 동원되기도 한다. 이러한 미술 창작은 곧 사회적 생산이 되었고 지역에 경제적 이익을 가져와 줌으로써 기존 예술 개념을 깨트리면서 함께하는 공공미술의 성격으로 나타났다.

갤러리를 찾아가 관람하는 것이 익숙한 나에게 대지미술이 주는 매력은 낯설면서도 신선했다. 낯선 공간에 있다가 사라지는 공공적인 성격을 지닌 대지미술의 매력은 무한대다.

소유할 수 없는 그림

나의 모든 작업은
예술은 소유할 수 있고
영원히 존재한다는 고정관념을 허무는 데 있다.

고정관념을 깨부수는 일. 미술을 화랑과 문명사회로부터 떼어 내는 일은 크리스토의 사명이었다. 그리고 그것을 실현하려고 자연 한가운데에서 작업을 하며 이 모든 퍼포먼스를 완벽하게 해낸다.

예술을 부정하려는 경향이다. 넓은 자연을 캔버스 삼아 작가의 상상이 펼쳐진다. 말 그대로 환상적이지 않는가. 엄청난 규모에 압도돼 그저 입이 떡 하고 벌어졌다.

초기에는 빠르게 변해가는 문명이 생산해내는 작은 소품을 천으로 덮어씌우는 작업을 했다. 사람들은 천으로 덮어씌워 사물의 겉모습이 보이지 않게 되자 사물의 본래 모습을 궁금해하기 시작했다. 사람들의 호기심을 자극한 것이다.

작은 물건을 포장하던 작업이 점점 대규모 공공건물을 포장하는 일로 커진다. 규모가 커지다 보니 완성시키기까지의 과정은 작은 커피 잔을 천으로 씌우는 일처럼 간단하지만은 않아졌다. 대지미술을 할 장소도 아무렇게나 정해지는 것이 아니라 역사적, 문화적 상징성을 가지고 있는 곳으로 계획한다. 먼저 실행하기에 앞서 지주와 건물주를 비롯해 환경론자와 사전 협의를 거친다. 작품의 결과만이 완성이 아닌 이 모든 과정이 작품의 일부라는 점이 대지미술의 매력인 것 같다. 결코 사람들의 참여와 소통이 없다면 일어날 수 없는 일을 계획하는 셈이다.

보여주는 미술

"도대체 이 사람은 돈은 어떻게 벌어서 먹고 살아요."

그는 환경과 생태학에 관심이 많았던 터라 자연을 훼손하지 않으려고 심혈을 기울인다. 그리고 설치하는 지역 시설의 인력을 이용해서 관람객을 끌어모으고 지역에 경제적 이익을 가져다주는 순환구조를 만들었다. 자신의 작업에 대한 간섭을 최소화하려고 외부 지원을 거부하기도 한다. 다행히 그의 드로잉은 세련된 터치와 기법을 인정받아 작업 비용을 작업 설치를 위해 그린 드로잉이나 콜라주를 팔아 충당할 수 있었다. 이 대형 프로젝트의 전시 기간은 고작 2주에서 3주였다. 엄청난 물량이 투입되었고 몇 년의 작업 시간이 필요했지만 2주 후에 철거하는 이유를 작가는 이렇게 말한다.

"어린 시절의 추억처럼 아무리 소중한 것도 영원할 수 없음을 말하고 싶다."

화가의 신념

그는 자신을 공산주의 국가에서 망명한 작가라며 조국이 없어서 여권이 없다고 소개했다. 1962년 베를린 장벽을 반대한다는 표현으로 204개의 휘발유통을 쌓아 파리의 비스콩티 거리를 막아서는 프로젝트를 벌인 바 있다. 이후 뉴욕에 정착하면서 부인과 함께 대규모 작업에 돌입한 그는 민주주의와 입헌군주제 간 타협의 산물이었던 베를린국회의사당을 천으로 감싸려고 오랜 시간 동안 시도했다. 1971년에 이 프로젝트를 구상해 독일 의회에 승인을 요청하였지만 거절당한다. 24년 후 662명에 달하는 국회의원을 서신과 통화를 통해 설득하기도 하며 결국 이 사안을 투표에 붙이게 만들었다. 1994년 2월 25일, 찬성 292표, 반대223표, 중립 9표, 무효 1표의 결과를 얻는다. 1995년 6월, 24년간의 노력 끝에 베를린국회의사당을 천으로 감싸는 프로젝트가 승인을 얻은 것이다.

2주 동안 역사적 상징인 건축물을 미술 작품으로 변신시키기 위해 10만 제곱미터의 알루미늄코팅 소방용 특수 방화 천과 1만5600미터의 끈을 준비했다. 그리고 설치 당일(1995년 6월 17일) 베를린국회의사당 건물 꼭대기에서 일제히 90명의 산악 전문가들이 내려오면서 천을 씌운다. 이 작품을 두 번 다시 볼 수 없지만 자유의 상징성을 독일 시민 혹은 세계 사람들에게 각인시키기에 충분했다는 데 의미가 있다. 글로 읽어도 사진으로 보아도 가슴이 뛰는 일이 아닐 수 없다.

꿈꾸듯 살고 싶다

나에게 크리스토 작가의 작업은 꿈속에서나 실행할 수 있는 그런 일이다. 너무나도 경이로웠다. 모두가 안 될 거라고 말할 때조차 포기하지 않는다. 자신의 이야기에 귀를 기울이지 않는 사람들에게 초점을 맞추지 않는다. 오직 자신과 자신의 이야기에 호기심을 갖는 사람들에게 희망을 건다. 신념은 과거의 경험에서 오는 현재의 행동이다. 과거가 달랐다면 이러한 자유를 향한 이야기를 하지 않았을지도 모른다. 그는 인간이 가진 독단적인 생각을 직시하길 원했던 것은 아니었을까. 베를린의사당 프로젝트는 작가의 '자유를 향한 당연한 권리의 외침'이라고 생각하고 싶다.

꿈꾸듯 살고 싶다. '설마 이런 게 되겠어?' 또는 '이건 진짜 꿈같은 이야기야' 하는 일들을 꿈꾸며 살고 싶다.

그의 작업 과정을 보면서 깨달은 것이 있다. '이것이 정답이야' 하고 말하지 않고 어떻게 살아야 하는지 몸소 보여주는 것이다. 누군가에게 삶의 과정을 가시적으로 보여줄 수 있다는 것은 멋지고 아름다운 일이 아닐 수 없다. 그림의 한 장면처럼 잔상을 남겨준 그를 존경하고 사랑한다.

Chapter 8

클로드 모네의 시간

그리운 시간

언제 여름에서 가을이 왔는지 모른다. 계절이 바뀌듯 나도 서서히 변모했다. 눈에 보이는 것만 진실이라 생각하던 나는 보이지 않는 것을 깊이 사랑하는 사람이 되어 있었다. 사랑, 희망, 평온처럼 단어만 들어도 가슴이 따뜻해진다. 우연하게 들리는 음악 소리에 나는 하던 일을 멈추고 창가로 걸어가 밖을 보았다.

마치 나를 부르는 소리를 들은 것처럼 말이다. 너에게 미처 말로는 다 표현하지 못했던 지난 시간들이 떠올랐다. 아쉬움이 그리움으로 변했다. 선명하던 기억이 아련해졌다. 호주머니에 넣고 있던 손을 꺼내 하얀 종이에 끄적거리기 시작했다. 이렇게 쉽게 가벼워질 수 있을 거라고는 생각하지 못했다. 이후로 나는 펜과 하얀 종이를 몸의 일부처럼 가지고 다니게 되었다. 모든 곳이 한없이 가벼운 내 마음이 머무는 곳이다.

나는 밖을 보지 않았다

요즘은 내가 낼 수 있는 만큼의 속력으로 살고 있다.

주춤하다 다시 속력을 낸다. 많은 것들이 의미를 두지 못하고 스쳐 지나갔지만 이제 어쩔 수 없음을 안다. 마른 가지만 앙상하게 뻗은 나무가 나의 시선을 잡아도 더 이상 동정하지 않는다. 죽은 듯 잠을 자고 있지만 결코 죽은 것이 아니라는 것을 안다. 단지 죽은 듯 보일 뿐이다. 나는 너를 닮았다.

아직 살아 있으니까 무엇이라도 해보지 않으면 안 되었다. 나는 봄을 맞이한 나무처럼 살고 싶다고 생각했다. 그래서 나는 곧 올 봄을 맞이해야 해서 마음이 분주하다.

나의 아침이 다시 올 거라고 믿듯 마른가지를 가진 너에게도 다시 봄이 올 거라는 것을 알고 있다. 오늘은 창으로 들어오는 볕이 날카로워 커튼을 쳤다. 나를 부르는 외침이 없어 나는 밖을 보지 않았다. 매서운 바람도 그저 바람이고 가을이나 겨울이나 매한가지라는 것을 가을이 돼서야 알게 된다. 바람이 불면 부는 대로 지금 그대로 충분히 괜찮다는 것을 너는 진즉에 알고 있었겠지만 나는 그 바람에 꽁꽁 얼어보고 나서야 알게 되었다. 어쩌면 내게 진즉 일러주었는데 나는 그것을 전혀 들으려 하지 않았던 건지도 모른다.

모네

모네의 그림을 통해 죽음을 생각하게 된다.

시시각각 변하는 빛의 움직임으로 색채의 미묘한 변화를 캔버스에 담았던 인상주의 화가다. 인상주의 화가 모네의 그림을 보자면 마치 눈부신 해를 바라보다가 눈이 멀 것처럼 느껴진다. 뿌연 안개가 자욱하게 내려앉아 불확실한 앞날에 대한 내 두려운 마음을 표현하고 있는 것처럼 말이다.

모네에게 가족과 그림은 그의 가난과 고단함을 잊게 해주는 유일함이었다. 하지만 사랑하는 그의 아내 카미유는 모네 곁에 오래 머무르지 않는다. 둘째를 낳고 급속도로 몸이 안 좋아져서 두 아들과 모네를 남겨두고 세상을 떠났다.

카미유가 죽어가던 날, 그는 그녀 곁을 떠나지 못하고 침대 주변에서 창백해지는 모습을 보고 있다. 모네는 죽어가는 모습이 아니라 단지 변해가는 모습이 놀라웠다.

그녀를 붙잡을 수가 없다. 그녀의 영혼은 육체를 버리고 자유로워지고 있다.

'죽어가는 아내의 모습을 보면서 무슨 생각이 들었던 것일까.'

변해가는 얼굴빛을 캔버스에 담기 위해 반사적으로 붓과 팔레트를 손에 들었다. 모네는 떠나는 그녀의 손을 잡아주는 대신 자유로운 영혼이 빠져나가는 육체를 그리기 시작한다.

아내의 죽음을 눈앞에 둔 모네의 대담한 행동이 다소 충격적이었다. 나는 모네의 행동 그 이상으로 불편함을 느꼈다. 그건 죽음을 대하는 나의 시선이었다. 그림을 마주했을 때 이처럼 불편한 감정이 들었던 적이 없었다.

내게 죽음이란 아름다운 것이 아닌 불편한 것이었다는 사실을 알아차렸다.

까미유의 죽음을 통해 나의 마지막을 상상했다. 그래서일까. 처음 이 그림을 마주했을 때는 생각지도 못한 두려움을 느껴야만 했다. 뭉크의 그림처럼 어머니의 죽음을 곁에 두고 귀를 막고 선 아이의 모습과 사뭇 다르다. 뭉크의 그림에서는 죽은 어머니에 대한 안타까움보다 남겨진 아이에 대한 연민을 느꼈다. 하지만 모네의 그림에서는 결코 모네에 대한 연민이 느껴지지 않았다.

〈카미유의 임종〉은 죽음에 대한 화두를 던진다. 이 그림이 내게만 불편함을 준 것이 아니었을 것이다. 마주하는 우리 모두에게 크고 작은 충격을 주었다.

죽음이라는 이별

'시간에 결코 구속되지 않는 영원의 세계에 혹시 우리는 살고 있는 게 아닐까.'

극심한 가난과 아내의 죽음은 모네에게 절망에 가까웠고 자신도 그만 끝내고 싶다고 생각했다. 하지만 이 모든 것들은 지나가게 되어 있다. 이별에 의한 슬픔도 절망에 가까운 현실도 아무리 힘든 시간도 지나고 나면 추억이 되듯이 말이다. 그걸 알고 견디는 사람이 있겠는가. 단지 지나고 나면 그것 또한 잘한 일이라 스스로를 다독이는 날이 오더란 말이다.

그의 마음은 정말 어떤 것이었을까. 단지 변해가는 색을 대하면 나오는 버릇 같은, 본능적인 반응이었을까. 단지 그 마음뿐이었을까. 사실 그게 뭐가 중요하겠는가. 그의 마음은 더 이상 내게 중요하지 않다.

'죽음에 대한 각자의 마음이 중요하다.'

이제 나는 이 그림이 전혀 불편하지 않다. 어째서일까. 죽음에 대한 생각이 정리가 된 것일까.

죽음으로부터 자유를 상상했던 것일까.
늙어가는 용기가 생긴 것일까.

누구나 죽음과 사랑을 경험한다. 언제 올지 알 수 없다는 공통점을 가지고 있다. 죽음과 사랑은 화가의 일대기에도 빠질 수 없는 소재였다. 그리고 죽음 또한 외면하고 싶지만 빗겨갈 수 없는 삶의 일부였음을 모네의 그림을 통해 생각한다.

더러워진 옷을 벗는 일처럼 육체를 벗어던지는 마지막 순간이 찾아올 것이다. 떠나는 날이 오면 나의 껍데기에게 고마웠다고 말하며 가볍게 갈 수 있으면 좋겠다.

Chapter 9

천경자의
외침을 듣다

미치도록

이 정도면 아무 일 없는 거지.

아무리 좋았던 일도 지나고 보면 그저 좋은 일만은 아니었고

또 좋지 않았던 일이 지나고 보니 나쁘지만은 않았다는 생각.

인생은 늘 반전의 연속이더라.

수업 준비를 하러 강의실을 조금 일찍 찾았다. 갑자기 퍼부어대는 빗소리에 나는 하던 준비를 멈추고는 바라보고 섰다. 눈 내리듯 하얗게 비가 퍼부어대는 풍경이 마치 그림 같다. 눈처럼 하얀 비가 꿈을 꾸고 있는 듯했다.

처마처럼 툭 튀어나온 부분에서 빗물이 모였다가 아래로

무섭게 떨어진다. 정말 비가 미친 듯이 내린다는 표현이 적당할 만큼이었다. 보통 '미치다'라고 하면 정신에 이상이 생겨 말과 행동이 보통 사람과 다르게 된다는 의미를 가지고 있다. 비가 많이 내린다고 해서 빗방울이 미쳤을 리 없지만 그것을 바라보고 있으니 '미치다'는 표현이 생각났다. 집에 갈 걱정을 하는 사람의 말마따나 미칠 노릇이다 싶을 정도로 내렸다.

미치지 않고서야

"환상 속에 사는 미친 여자가 아름답다"라고 말한 천경자 화백의 그림과 잘 어울리는 날이다. '미친 여자가 아름답다'라는 표현은 과연 천경자만이 할 수 있는 표현이었다. 보통 사람들은 미치면 흉하다. '미치다'라는 말은 최악의 상태를 표현할 때 쓰니까 천경자 화백의 말이 과격하다 느끼기에도 무리가 없다. 보통 미쳤다고 표현되는 사람들은 한 자리에 앉아 있지 못하고 돌아다닌다. 공통점이 많은 보통 사람들과 달리 그들은 모두 제각각이다. 자유에 대한 갈망으로 우리가 알지 못하는 진짜 자유의 세계로 진입해버린 것일지도 모른다.

천경자 스스로는 이런 세계를 원했던 것일까. 환상 속에 사는 미친 여자가 아름답다는 진짜 속뜻은 '나는 자유롭게 나만의 세상에서 살아가길 원한다'였고 스스로에게 미친 여자를 투영하고 있었던 것은 아니었을까. 혹은 '나 미쳤으니까 건드리지 마시라'일 수도 있겠다. 하지만 지금의 삶에서 자신을 가로막고 있는 그 무엇에 대한 저항도 결국은 자유를 위함이었다. 천경자가 태어난 때는 1924년이다. 지금은 상상할 수도 없을 만큼 여성의 사회활동에 부정적이고 보수적인 때였다. 그랬기 때문에 미술계에서 활동하는 여류화가는 그만큼 귀할 수밖에 없었고 그녀의 행보는 언제나 이슈가 되기에 충분했다.

그녀는 해외여행이 자유롭지 못하던 1969년, 8개월간 미국, 유럽, 남태평양 등 7개국을 스케치 여행한 후 6개월간 파리에 머문다. 어떤 틀 속에 가두기보다는 새로운 것을 받아들이고 연구하기를 좋아했다. 넓은 세계에서 자신의 기량을 발휘하고자 또 다시 세계여행을 떠난다. 이후 여인상을 집중적으로 그리기 시작하면서 개성적인 화풍으로 자리매김하게 되었다.

1972년 베트남 전쟁에 종군 화가단으로 참가해 전쟁 기록화를 제작하기도 했다. 그곳에 간 화가단 중 유일한 여자였다. 총알이 날아다니는 전쟁터에서도 그녀는 그림에만 열중했다.

그녀의 그림 곳곳에 보랏빛이 비친다. 보라색과 어우러진 꽃은 천경자 화백의 여성성을 강하게 드러내고 있다. 그녀의 한은 그림에 담긴 보랏빛을 통해 드러난다.

슬픈 빛이라고 말했다는 보랏빛…….

독기를 품다

천경자 화백에게 한꺼번에 밀려온 생활고와 혈육의 죽음, 순탄치 못한 결혼과 연애는 견디기 힘든 시련이었다. 경제적 능력을 상실한 아버지를 대신해 가장이 되어야 했다. 나약하게 울고 있을 수만은 없었다. 이 상황을 벗어나야만 했다. 내면에 강한 의지를 일으키기 위해, 또 상황을 극복하기 위해 뱀을 소재로 그림을 그리기 시작했다. 고대부터 뱀은 위대한 여신의 상징이며 한때 여신이 지녔던 위력의 상징이었다. 그녀에게 뱀이란 강한 생명력과 힘을 드러내는 독기를 상징한다. 그녀는 어릴 적 뱀에 물려 죽은 친구의 모습을 보고 난 다음부터 뱀의 독기를 단 한 번도 잊은 적이 없다. 비록 다리가 없어 불리한 모습으로 보일지 모르지만 안으로는 독을 품고 살아가는 뱀을 떠올렸다. 천경자 화백은 일을 마치면 광주역 근처에 있는 뱀 집을 매일 같이 찾아가 뱀들을 유심히 관찰하고 그림을 그렸다. 유리창 안에 갇혀 있지만 그들은 독을 품은 무서운 녀석들이다. 자기만의 무기를 가지고 있다.

"그 속에서 나는 밤마다 뱀을 어떻게 화면에 다 깔아 구도를 잡을 것인가.

눈을 감은 채 구상했다. 이런 판국에 어찌 찔레꽃 향기를 찾는, 시심이 깃든 뱀 따위를 그리겠는가? 차라리 뱀 수십 마리를 화면에 집어넣음으로써

이 슬픔을 극복하고 살 수 있을 것 같았다."

뱀과 자신은 동일시된다. 내 안에 있는 강한 생명력과 힘으로 살아가보자, 지금 상황을 벗어나보자 다짐하고 결심한다. 유교적 전통 탓에 한국 여성이 그림을 그린다는 행위 자체가 못마땅해 보이던 시절에 불편한 주제로 그림을 그

려 이슈가 되었다. 그건 '여자가 그린 뱀' 때문이었다. 천경자 화백은 여자라서 불리했지만 여자라서 유명해졌다. 전시장은 여자가 그린 뱀을 보겠다는 호기심 어린 사람들로 문전성시를 이루었다. 덕분에 여류화가로서 자신을 알리는 계기가 되었다.

온몸 구석구석에 거부할 수 없는 숙명적인 여인의 한이 서려 있나 봐요.

아무리 발버둥쳐봐도 내 슬픈 전설의 이야기는 지워지지 않아요.

—천경자 화백—

누구나 각자 나름의 한을 가지고 있다. 못 다한 말, 이루지 못한 꿈, 어쩔 수 없는 이별 앞에서 한 번쯤 무릎을 꿇게 된다. 그건 무방비 상태에서 자신의 의지와 상관없이 일어나는 일이니까.

천경자 화백에게 푹 빠진 이유와 그 시작을 되짚어본다. 화가의 생애는 나의 내면에 있는 결코 꺼낼 수 없는 그림자 같은 어둠을 대신 표현해준다. 많은 화가들이 내 마음을 스쳐 지나갔지만 천경자 화백은 유달리 마음에 남아 침잠했던 화가다. 근대 한국 작가들은 역사의 현장인 전쟁과 분단 그리고 불평등의 아픔을 몸소 겪었고 그림으로 담아냈다. 그것이 지극히 개인사일지라도 처해진 시대적 배경을 빼고는 이야기하기 힘들다. 끝까지 가족과 함께하지 못하고 그리움과 절망으로 삶을 다한 이중섭 화백이나 '나는 한국 작가다'라고 늘 자신을 설명해야 했던 박생광 화백의 그림에는 역시 한이 서려 있다. 한국 작가로서 존재감을 드러내고 싶었지만 그를 따라다니는 왜색화가라는 꼬리표를 향해 외치는 절규에 가까운 울부짖음이었다.

근대 한국 화가들의 그림에서 '한'을 빼고 이야기한다는 것이 오히려 어려울지도 모른다. 분명 '한'이라는 것은 과거로부터 해소하지 못한 찌꺼기일 수도 있다. 그것이 그림으로 탄생했고 우리는 그 그림을 통해 과거의 이야기를 비밀스럽게 나누고 있는 것인지도 모른다.

Chapter 10

자크 루이 다비드가 원했던 것

당신 누구시오

당신은 어떤 사람인가요?

당신은 누구인가요?

나는 특별한 향기를 가지고 있는 사람입니다.

그 향기는 '사랑'이라는 진하고 아름다운 빛깔을 가지고 있고요.

그리고 그 향기는 함께하는 사람들과 나누면 더 기쁨이 되는 특징을 가지고 있답니다.

사람마다 특별한 향기가 있다. 아이들이 '엄마 냄새'라고 하는 말로 통한다. 나는 그 향기가 꿈과 연관 있다고 생각한다. 내가 그리는 꿈들이 실현되기까지의 인간의 생각과 인고를 통해 만들어진 향기라고나 할까.

소리치다

아무 일 없이도 무슨 일이 곧 일어날 것처럼 마음이 급했다. 그럴 때마다 실수를 연발하고 죄송하다는 말을 달고 살았다. 어느 날 스스로에게 소리쳤다.

뭐가 그리 만날 미안하고 죄송한데?

이제 그만해. 모두 다.

그 미안한 일도 그만하고 죄송한 일도 집어치우고 그냥 좀 살아!

나는 세상과 타협할 것인가.

부딪혀 볼 것인가.

선택의 기로에 섰다.

우연히 그 즈음 〈잠시만, 회사 좀 관두고 올게〉라는 영화를 봤다. 주인공이 '당장 저 일 그만하면 좋겠다'고 생각하던 것처럼 나에게 바라 본다.

끼적끼적 글을 쓰기 시작했다. 혼잣말 같은 거였다. 당시 글은 나의 유일한 탈출구였다. 가끔 올리는 SNS에 달린 지인의 공감은 침울해진 기분을 금세 업(up) 시켜줬다. 살 것 같았다. 이런 생각들을 '공감받을 수 있다니' 혼자가 아니라는 생각이 들었다. 기분이 한결 좋아진 그날 이후로 글을 쓰기 시작했다. 그것이 내 글의 시작이다.

지금은 진짜, 나는 멋대로 살고 있다. 이 말을 순화하면 '나는 내가 하고 싶은 일을 하며 살고 있다'가 된다. 손가락으로 세어 보아야 할 만큼 시간이 흘렀다. 몇 년이 흘렀나 접어본다. 5년이다. 이렇게 눈 깜짝할 사이 많은 것들을 바꿔놓을 수 있다니……. 매일 똑같던 하루가 영원할 것처럼 지루했는데 눈 깜짝한 사이 5년이라는 시간이 지났다.

지나고 나서야 알게 되는 것들

당시에 나는 과거에 연연하면서도 미래에 대한 기대 때문에 최선을 다해 참고 있었다. 나는 매일 '지금 이 순간'을 놓쳐버리고 있었음에도 전혀 자각하지 못했다. 삶은 원망과 좌절 그리고 실패로 철퍼덕거리면서도 거짓 믿음으로 나를 매일 무장시켰다.

지난 시간을 회상해보면 아찔했던 순간이 많다. 실패와 도전을 무수히 반복했고 뭘 해도 안 될 것 같은 시간을 보내고 있었다. 그때 알았더라면 얼마나 좋았을까.

아직도 종종 확신이 없는 미래를 상상하면 무엇인가를 시도하는 것이 우스꽝스러워 보일 때가 있긴 하다. 하지만 이젠 미래에 대해 깊고 길게 생각하지 않는다. 이럴 때 나만의 특별처방법이 있다.

하나, 아무 생각 없이 하던 일 한다.

둘, 아무에게도 이야기하지 않고 혼자 사부작사부작 일을 저지른다.

셋, 혼자만의 시간을 자주 가진다.

일을 저지를 때는 이야기를 하지 않아야 한다. 시작하기도 전에 듣는 타인의 염려는 힘 빠지게 하기 때문이다. 쓸데없는 짓을 한다는 둥, 비전이 있겠냐는 둥, 이런 말을 들으면 아예 시작도 못할 수 있다. 악의는 없지만 그 말들은 부정적 에너지다. 처마 끝의 낙숫물이 바위를 뚫는다는 마음으로 매일 한 방울씩 떨어뜨려 본다.

야망을 가진 화가

최고가 되기 위해, 자신의 이상을 실현시키기 위해 그림을 수단으로 이용한 화가가 있다. 자크 루이 다비드는 신고전주의 미술의 선구자이면서 대표자다.

신고전주의는 로코코와 후기 바로크에 반발해 18세기 말에서 19세기 초에 프랑스를 중심으로 유럽 전역에 유행한 화파다. 엄격하고 균형 잡힌 구도 그리고 명확한 윤곽과 입체적인 형태의 그림풍이다. 유럽 화단의 중심을 이탈리아에서 프랑스로 옮겨놓는 데 크게 공헌한 다비드는 격변의 시대를 살면서 정치적인 색을 과감하게 드러낸다.

화가 다비드에 관한 글과 강연의 횟수가 늘어날수록 그에 대한 생각이 처음과 다르게 바뀌어갔다. 왜 그런 것인지 다비드의 욕망과 비전을 진지하게 생각해 볼 참이다. 그는 무엇 때문에 그렇게 살았을까. 행복했을까. 미래에 올 그 순간을 꿈꾼 건 아닐까. 늘 지금이 아닌 미래를 위해서만 살았던 건 아닐까. 언젠가는 좋은 날이 오리라는 환상 말이다.

그는 영광의 로마 대상을 타면서 로마로 유학을 가게 된다. 오랜 기간 로마에서 고전주의 기법과 문화를 공부한다. 고국으로 돌아오기를 준비할 때부터 이미 그의 가슴속에는 높고 커다란 야망이 자리하고 있었다. 그는 돌아오자마자 왕정 프랑스의 수석화가로서 활동하지만 얼마 있지 않아 프랑스 왕정은 루이 16세의 무능함 탓에 무너진다. 놀랍게도 그 혁명의 중심에 다비드가 있었다. 다비드는 왕을 숙청하는 데 동의한 인물로 유명하다. 왕정이 무너진 후 다비드는 혁명정부 미술계의 1인자가 된다.

하지만 혁명정부는 다시 분열해 내전에 휩싸인다. 이때 혁명정부에 힘을 실어주기 위해 다비드가 그린 가장 대표적 작품이 〈마라의 죽음〉이다.

〈마라의 죽음〉 속 주인공은 한 파의 지도자다. 마라는 대립하던 상대에 의해 살해당한다. 마라는 정치적 반대파를 일소(一掃)하는 일에만 전념하던 극단적인 언론가이면서 정치 선동을 일삼던 인물이었다. 그는 피부병이 너무 심해 욕조에서 업무를 보곤 했는데 살해를 당하던 날도 반대파 일소에 서명하는 일을 하고 있었다. 다비드는 그런 마라를 목욕 중에도 공화국을 위해 업무를 보고 있다가 순교한 인물로 표현했다. 그림에 사용된 색은 아주 간결하다. 하양, 갈색, 초록. 이 색들에서 순결함과 숭고함, 순수함이 느껴진다. 색이 가진 첫인상을 사람의 마음을 선동하는 데 이용했다. 그림이 공개되고 마라는 혁명의 순교자로 탈바꿈한다. 이러한 노력에도 왕을 죽인 혁명세력은 오래 가지 못하고 다시 분열한다. 단두대 공포정치에서 다시 민심이 등을 돌리게 되고 그 때문에 폭동이 일어난 것이다. 당시 이 폭동을 진압하면서 나폴레옹이 정권을 잡게 되고 다비드는 다시 한 번 변모해 나폴레옹 황제의 제일화가가 된다. 나폴레옹의 대관식이 있던 날을 다비드가 그리고, 그 그림을 통해 나폴레옹을 만족시킨 다비드는 남작 작위를 받는다. 그 누구보다도 폭군을 비난을 하던 그가 새 독재자가 나타났을 때 가장 먼저 변모했다는 점에서 그가 무슨 생각을 가졌었는지 궁금하지 않을 수 없다. 하지만 그 또한 오래 가지 못한다. 훗날 나폴레옹이 유배지로 가게 되었을 때 다비드도 스페인으로 망명하니까 말이다.

흥미로운 점은 다시 정권을 잡은 왕정이 스페인으로 망명한 다비드를 왕정 화가로 대우하겠다고 불렀지만 그가 적국은 그리지 않는다며 거절한 것이다. 결국 그는 고국으로 돌아오지 못하고 이국땅에서 마지막을 맞이한다.

권력자의 생각은 무엇이었을까.

권력자를 향한 다비드의 생각은 무엇이었을까.

단순한 예술 표현물이 아니라 여론 형성에 상당한 영향을 미친 다비드의 재능을 탐내는 정치가들이 많았다. 민중의 눈에는 그의 그림이 마치 예언처럼 보였기 때문이다. 그것을 이용해서 승리하려 했다. 우리가 생각하는 아름다움과 거리가 멀다. 정치 선동의 결정적 매개체로 그림을 사용했다. 다비드는 한 평생을 칼보다 붓을 잡고 싸움을 선동하며 살았다. 경쟁하고 비교해서 우열을 가린다. 그 다음 무너진 것을 밟고 올라서서 승리를 외쳤으리라. 하지만 어느 것도 영원하지 못했다. 다시 무너지는 공화정을 바라보며 다비드는 어떤 생각을 했을까. 망명지에서 그린 마지막 그림을 보면서 그의 생각이 무엇이었을까 짐작해보려 한다.

망명지에서 그린 〈비너스와 삼미신에 의해 무장 해제 당하는 군신 마르스〉 그림은 전쟁의 신 마르스가 삼미신의 춤과 술에 정신이 팔려 비너스에게 무기를 빼앗기는 모습을 표현하고 있다. 예술의 여정에서 욕망에 휘둘려 정신을 빼앗긴 과거에 대한 아쉬움이다. 가진 재능을 정치 선동의 목적으로 사용했던 것에 대한 후회라기보다는 어떤 한 순간의 판단에 대한 후회였을지도 모르지만 말이다. 그의 이상은 실패로 끝이 났다. 그를 변절한 인물이라고 말하기도 하지만 누구나 욕망 앞에서는 그처럼 흔들리지 않을까. 비난보다는 안타까운 마음이 먼저 들었다.

싸워서 이겨야 할 이유

위에 올라서서 내려다보는 것이 승리인가. 승리라는 건 순전히 본인의 만족에서 오는 착각이다. 무엇을 위해 싸워야 하는가. "자신과 싸워서 이겨라." 나는 이 말이 싫다.

'왜 경쟁하며 살아야 하지.'
'왜 싸워야 할까.'
'싸우지 않고 사이좋게 하면 안 되나.'
'좀 느슨하게 살면 안 될까.'

이렇게 생각은 하지만 행동은 늘 그렇게 하지 못한다. 수없이 판단하고 거기에 따라 행동했다. 습관이 무섭다. 강인해져서 이 모든 것을 이겨야 한다고 생각했으니까 말이다.

그래서 자신과의 싸움이라는 말에 설득당하고 아무리 힘들어도 이것이 삶을 대하는 가장 올바른 방법이라고 믿었다. 이런 것들을 모두 놓아버리는 것은 말만큼 쉬운 일이 아니었다. 아무 일이 없는 날에도 어떤 일이 일어날 것처럼 불안하고 어수선해지면 내 마음을 부여잡고 있기가 힘들었다. 하지만 나와 싸워서 이겨야 한다는 생각이 습관처럼 올라올 때마다 나는 알아차리고 마음속으로 '천천히 가자'며 다독였다.

"네가 그렇게 애쓴다고 세상이 바뀔 것 같아? 그렇게 이상적으로 살지 마라. 피곤해진다"라던 내 친구의 말처럼 나는 혁명이 아닌, 단지 내가 할 수 있는 씨앗을 하나 뿌리는 것만으로도 충분하다고 생각한다.

나는 다비드가 아니다. 다비드처럼 세상을 바꾸려는 생각도 하지 않는다. 내가 행복하지 않으면 다 무슨 소용 있겠는가.

Chapter 11

내 안에 있는
살바도르 달리의 세계

무의식과 의식

특별히 신경써야 할 일도 없는데 밤잠을 설쳤다. 목록에 적어 둔 일들을 하나씩 체크해본다. 작년 중순부터 작업한 원고도 마무리가 되었고 이만하면 일은 순조롭게 흘러왔다.

무엇 때문에 잠을 제대로 이루지 못했던 것일까. 아침에 눈을 뜨니 몸이 천근만근이다. 직장 생활을 시작했을 때 만난 사람부터 내가 알고 있는 모든 사람들이 꿈에 한 번씩 등장한 것 같다. '이게 대체 무슨 일이지?'

몸이 극도로 피곤해져서 아침이 개운하지 못했다. 입술 옆에 물집이 자리 잡고 말았다. 나는 어릴 적부터 피곤하면 입술에 물집이 잘 나곤 했는데 그걸 부러워하는 사람들도 있었다. 힘들게 일했다는 것을 몸이 표시해주니까. 자기들은 아무리 힘들게 일해도 티가 안 난다나. 남의 속도 모르고 말이다. 예전 같으면 '그냥 그런가보다' 하고 몸의 신호를 무시했는데 이제는 무의식이 괜찮지 않다는 것을 말해주고 있다는 생각이 들어 몸의 휴식이 필요한 것인지, 마음의 휴식이 필요한 것인지 체크해본다.

그러고 보니 내가 이런 꿈을 꾼 것에 대한 실마리가 될 만한 일이 며칠 전 있었다. 알고 지내던 분의 권유로 그룹전시를 준비하다가 오래전 내가 느꼈던 감정, 하지만 완전히 잊고 있던 감정에 휘말려 들었다.

설마…… 그 일 때문에 이렇게 오래전에 만난 사람들까지 등장하는 꿈을 꿨을까. 처음에는 의아했지만 그날의 감정은 사라지지 않고 계속 남아 있었다. 전시 오픈식 날 '우리 집 잔치에 이게 무슨 풍경인가' 생각할 정도로 내로라는 사람들이 많이 참석했다.

"이게 무슨 일이래요"

"곧 선거 있잖아"

이 불편한 풍경 속에서 그들의 뒤치다꺼리를 할 수밖에 없는 상황에 놓이고 보니 회의감이 들었다. 오픈식을 마치고 뒤도 돌아보지 않고 돌아왔다.

예전 같았으면 '인간관계에서 그런 것쯤은 당연한 거니 참아라!'라는 충고를 받아들였을지도 모른다. 이제 인맥 쌓기는 나와 무관한 인생 트랙 위의 사람들이 하는 것이라는 생각이 든다. 나는 최대한 유유자적 홀로 살기를 원하는 사람 중 한 명이니까. 그들의 세계와 나는 어울리지 않았다. 그날 유유하게 빠져나왔지만 찝찝한 기분은 해소하지 못했다. 사람들은 홀로 서려면 더더욱 그런 모임이나 활동이 필요하다고 충고한다. 그룹에 들어가야 스스로를 알릴 기회가 있으니 참고하라고 말이다.

이 불편함이 무엇으로부터 시작된 것이겠는가.

세워져 있는 표준에 자신이 맞지 않는다고 느낄 때 영혼은 불편함을 느낀다.

따르고 싶지 않은 규칙을 강요당할 때마다 스스로의 보호막을 둘러치고 그것을 지탱한다는 것은 무척 어려운 일이다. 나는 스스로의 규칙을 정해야 했다. 인간관계에 대한 나만의 판단 기준을 가질 권리를 말이다. 타인의 규칙을 거부하고 자기만의 의도에 맞추는 일이야 말로 진짜 성공이 아닐까. 용감하게 규칙을 깨뜨려서 자신의 길을 찾는 사람이 이룰 수 있는 것이다.

한 명을 위해 나머지는 들러리가 되는 경우가 종종 있다. 이런 모임에 참석할 때마다 '나'라는 사람이 그저 들러리 중의 한 명을 자처한 것이 아닌가 하는 생각이 들어 자괴감을 느끼곤 했다. 랄프 왈도 에머슨의 《나 홀로 세상의 중심에 서라》라는 책이 생각난다. 개인적으로 애정하는 책으로 제목만 떠올려도 주먹에 불끈 힘이 들어간다. 제목처럼 나는 당당하게 1등도, 꼴찌도 아닌 나로서, 홀로 서겠다는 다짐을 하며 제목을 읊조려 본다.

눈을 뜨고도 잠을 자는 듯 살아온 시간이 얼마나 많았던가. 나는 다시 잠들지 않으려고 부단히 애를 쓰고 있다. 그랬다. 애쓰지 않기로 하고서는 나는 내내 애쓰고 있었다. 이후에도 비슷한 일들이 종종 있었지만 더 이상 이러한 감정에 휘둘리지 않는다.

다짐해본다. "나 그대로 존재하기. 타인의 삶도 있는 그대로 인정하기."

그저 자신을 있는 그대로 두고 사람들도 나와 다르도록 그냥 두겠다고 말이다. 하고 싶은 말을 다 하고 나니 이제야 어깨와 팔, 손에서 들어간 힘이 빠진다. 그토록 나를 짓누르던 무의식의 원인을 찾고 나니 한결 가벼워지는 느낌이다. 너무 긴장하며 살았다.

살바도르 달리

츄파춥스 사탕은 누구나 한 번쯤 먹어봤을 것 같다. 이 사탕의 이름은 골(goal)이었다. 축구공이 입이라는 골대에 들어간다는 그 의미의 골이다. 거의 망하기 직전에 처한 이 사탕 사업가는 친구에게 고민을 털어놓는다.

그 친구는 커피를 마시며 고민을 듣더니 신문지에다 로고와 색까지 지정한 포장 디자인을 그려 주었다. 그렇게 탄생한 것이 츄파춥스의 로고인데 이것을 디자인한 사람이 바로 살바도르 달리다.

스페인의 대표적인 초현실주의 화가다. 무의식 세계에 관심을 가지고 작업 활동을 하던 그는 인간의 무의식 세계를 시각화했다. 나의 무의식을 시각화한다면 달리가 그린 그림의 기괴함을 닮았을 것 같다. 달리는 무의식을 표현하는 면에서 뿐 아니라 어릴 적부터 무척 괴팍하고 특이한 아이었다. 죽은 박쥐를 입에 넣었다 뺐다 하며 주위 사람들을 경악하게 했다. 성인이 되어서는 죽은 어머니의 초상화에 가끔 침을 뱉는다는 인터뷰를 했다가 아버지로부터 상속권을 박탈당하기도 했다. 스스로를 완벽하다 생각했기 때문에 그 누구도 달리 자신보다 뛰어날 수 없었다. 학교에서 배울 것이 없다고 판단한 달리는 결국 자퇴하지만 결코 자존감이 낮아서이거나 자존심이 상해서가 아니었다.

어떠한 영향이 이러한 성격을 형성했을까

그에게는 죽은 형이 있었다. 부모의 방에는 죽은 형의 초상화가 걸려 있었다. 달리가 태어났을 때 아버지는 달리를 죽은 형의 이름으로 불렀다.

달리는 "나는 결코 죽은 형은 아니며 살아 있는 동생이라는 것을 항상 증명하고 싶었다"라고 자신의 자서전에서 회고하고 있다. 죽은 형에 대한 부모의 태도는 달리의 정체성 혼란과 무관하지 않다. 달리의 무의식적 표현은 무한한 예술적 욕망과 다름없었다. 유아기 때부터 잠재된 성적 억압이나 형에 대한 자신의 존재감 표현, 아버지에 대한 원망은 평생을 따라다니며 그것들로 채워지게 된다. 달리는 대상에 저의가 숨어 있다고 생각하고 자기중심적으로 해석했다. 말 그대로 주위 사람들에게 미치광이 소리를 들으면서 광기와 신경증을 작품으로 승화한 것이다. 달리는 침대 머리맡에 또는 손에 언제든지 그릴 수 있는 도구를 쥐고 잠이 들었다. 불안에서 시작된 이러한 행동이 또 하나의 작품으로 탄생하는 아이러니한 광경을 만들어 냈다. 잠에서 깨자마자 기억이 사라지기 전에 그 형상을 옮겨놓아야 했기 때문에 깊은 잠을 잘 수 없었을 것이다. 그가 편안하게 잠든 날이 과연 며칠이나 되었을까. 스스로를 예술의 일부라고 생각하던 그에게 자신의 모습은 하나의 표현 수단일 뿐이었다. 이런 달리의 모습을 보면 마치 개구쟁이 어린아이 같지만 그의 신경증과 예민함 탓에 편한 날이 없지 않았을까 생각하니 가엽다는 생각이 든다.

달리는 78세가 될 때까지도 영화와 집필, 일러스트, 삽화, 조각, 보석 디자인, 오페라 작품의 무대 장식, 의상 디자인, 가구 제작 등 재능을 끝없이 펼쳐냈다. 말년에는 달리의 고향에 미술관이 설립되고 스페인 왕으로부터 작위를 받을 만큼 공을 인정받는다.

무의식이 만들어내는 꿈

텅 비우고 싶었다. 스쳐 지나가는 생각에서 비롯된 감정을 비우고 싶었다. 내가 의식하고 있는 것을 비우고 싶었다. 걷다 보면 나아지려나 싶어 목적지도 없이 주차장에 차를 세우고 걸었다.

'나는 무슨 생각을 하고 있는 것일까.'

목적지가 없었기 때문에 발길 닿는 곳으로 가기로 했지만 역시 익숙하게 보아왔던 방향을 향하고 있었다. 무의식이 어디론가 데리고 간다 해도 결코 그것은 처음 본 곳이 아니었다.

나는 아무 생각 없이 걷는다고 생각하는데 나를 걷게 하는 것은 의식일까, 무의식일까. 낙엽이 도로가에 수북이 모여 있다. 바스락 소리가 차갑다. 부스러지는 소리가 나뭇잎을 조각조각 내는 것 같아 밟지 않았다. 어린애였다면 생각에 생각을 더해서 행동하지 않았을 텐데. 나는 너무 많은 것을 생각하고 있었다. 순수함을 잃고 대신 생각이 많은 어른이 되었다.

'생각은 질병이다.'

에크하르트 톨레는 생각이 질병이라 말했다. 요즘 따라 그 말이 자꾸 생각난다.

머릿속이 네모라면 모서리까지 가득 채워졌다는 기분이랄까.

나는 결코 걱정이나 고민을 하고 있는 것이 아니었다. 그런데도 밤에 잠이 오지 않는다. 내가 지금 느끼는 이 모호한 감정이 어느 날 탁 하고 놓아졌으면 좋겠다. 깊은 밤, 잠자리에 들었지만 다시 잠이 오지 않았다. 달리가 머리맡에 스케치북과 연필을 두고 자거나 손에 쥐고 잔 것처럼 나는 누워서 떠오르는 생각을 써보자 싶어 불을 켰다.

“나는 아무 생각 없이 사는데 너는 생각이 많아 글을 쓰나 봐.”

“응…… 그래서 나는 생각이 많은 것이 잘못된 게 아니라는 것을 증명하기 위해 글을 쓰는 건지도 몰라.”

Chapter 12

미켈란젤로 메리시 다 카라바조의 화

화를 다스리는 법

왜 화를 내세요?

왜 화를 안내니?

화를 내면 낸다고 뭐라 하더니 화를 안 내고 있으니 '네가 호구냐'부터 시작해서 안 들어도 될 소리를 들었다. 나는 화를 제대로 낼 줄 모르는 사람이다. 화를 지혜롭게 사용하면 득이 된다 하지만 늘 그러진 못했다. 대부분 너무 지나쳤거나 아주 소극적으로 대처할 뿐이었다.

무의식적으로 꿈을 꾸듯 화도 무의식적으로 낸다. 짜증 또한 무의식적인 반응인데 화와 동시에 일어났다. 기회만

닿으면 짜증을 유발하는 갈고리에 척 하고 걸려 질질 끌려 갔다. 그래서 지나고 나서 후회하거나 반성을 하지만 그것은 다시 원망으로 순식간에 변해버리는 요상한 감정을 만들어내고 만다.

고통

불교에서는 태어나고, 늙고, 병들고, 죽고, 좋아하는 사람과 헤어져야 하고, 싫어하는 사람과 만나야 하고, 원하는 것을 얻지 못하는 것이 고통이라 했다.

고통의 종류를 나열하고 보니 정말 그렇다. 내가 '고통스럽다'라고 느끼고 있는 이유는 존재하기 때문이었다.

나는 메아리도 없는 허공을 향해 소리를 뱉었다.
'어떻게 받아들여야 고통이 조금은 덜 고통스러울까.'

우리는 자연의 순리대로 늙어가고 있고 언젠가는 병들고 죽음을 맞아야 하는 자연의 일부다. 하지만 그것을 그대로 받아들이는 것이 쉽지만은 않다. 당연한 순리임에도 불구하고 늙어갈 용기조차 필요하다. 어찌 그 용기만 필요하겠는가. 놓아 버리고 벗어나 집착이 없는 상태가 되려면 이 모든 것에 용기가 필요하다. 모두 버릴 수 있다면, 놓아 버릴 수 있다면 얼마나 좋을까. 그렇게 되면 이 고통은 더 이상 고통이 아닌 게 될 텐데.

지인들과 저녁 식사 약속이 있던 날이다. 특별히 축하할 일이 있는 자리여서 모두들 소주 한잔으로 상기되어 있었다. 그런데 느닷없이 원망과 분노의 말을 쏟아 붓고 있는 옆 테이블 사람들의 대화가 공격처럼 들려왔다. 사실 아주 흔한 풍경이다. 나도 술은 위로가 필요할 때 마시는 거라 생각했지만 이제는 완전히 다르다. 얼마 전까지도 그 원망과 슬픔에 젖어 한숨을 깊게 내쉬던 내가 저 자리에 있었다. 기분 좋게 술을 마시러 오는 경우보다 술의 힘을 빌려 쓰레기 같은 말을 쏟아내려고 술을 마셨다.

분노를 표출하면 정말 잊고 싶은 것을 잊을 수 있을까.
원망을 내뱉으면 가벼워질 수 있을까.

복잡한 마음에 술을 보태 몸은 몸대로 마음은 마음대로

갈 곳을 잃고 방황한다. 쓰레기더미에 쓰레기를 보태는 말들을 쏟아낼 뿐이다. 그 일을 떠올리며 짜증과 화가 섞인 말투로 원망과 분노, 미움의 덩어리를 계속 굴린다. 옆 테이블의 그 풍경을 보면서 이런 생각이 들었다. 저 자리에 앉아 있는 사람 중에 나쁜 사람은 단 한 사람도 없다. 도대체 저 사람을 힘들게 한 나쁜 사람은 어디서 무엇을 하고 있는 것일까. 내가 저 안에 있을 때 알지 못하던 것들을 한 발 떨어져 보니 참으로 요상한 풍경이다. 싫어하는 사람과 만나야 하고 원하는 것을 얻지 못한다고 원망하고 화를 내도록 마음껏 내버려두었던 지난 시간들은 말 그대로 고통의 연속이었다.

나는 오늘 기분 좋은 술자리를 하고 가벼운 마음으로 집에 돌아왔다. 마음에 남아 있는 뒤끝이 없다. 꼬리를 무는 생각도 없다.

미켈란젤로 메리시 다 카라바조

화를 불같이 내다가 죽음을 맞이했던 카라바조 또한 한평생을 이 모든 고통을 적나라하게 마주하며 아주 고통스럽게 살았다.

카라바조라고 불리는 그의 본명은 미켈란젤로 메리시 다 카라바조다. 그의 이름은 르네상스 예술의 거장 미켈란젤로와 동일하다. 실제로 카라바조는 미켈란젤로와 같은 위대한 화가를 꿈꾸며 때로는 그를 스승으로, 때로는 경쟁자라 여겼고 그를 뛰어넘는 천재 화가이길 바랐다. 카라바조는 16세기 후반과 17세기 초반에 활동한 이탈리아 화가로 17세기 유럽 회화의 선구자라고 평가된다. 티치아노를 비롯한 16세기 베네치아 출신의 화가들은 기초 도안이나 밑그림을 그리지 않고 화폭에 색을 칠하는 '알라 프리마' 방식을 따르고 있었다. 카라바조 역시 평생 동안 밑그림이나 도안을 그리지 않은 인물로 유명하다.

그가 활약했던 시기는 예술사적으로는 르네상스 말기로 매너리즘 시대였다. 가톨릭교회의 개혁 운동이 박차를 가하던 때 종교화가 추구하던 이념의 핵심은 가톨릭교회의 회복이었다. 이 시기에 미술품은 신앙심을 고취시키는 종교적 도구로 활용되었다. 그 중심에 카라바조가 있다.

매일같이 화를 내던 사람

1576년, 밀라노 전역에 흑사병이 덮친다. 이때 할아버지와 건축 장식 장인이었던 아버지, 삼촌 등 집안의 어른 셋을 잃으면서 가세가 완전 기울었다. 어머니가 가족을 부양해야 했던 당시, 카라바조의 나이는 여섯이었다. 초등교육을 마치고 비교적 어린 나이에 화가가 되기를 결심한 데에도 불우한 가정환경이 작용했다. 하루의 끼니를 걱정해야 하는 어려운 생활을 했기에 돈을 벌기 위해 그림을 그렸다.

그가 예술을 향해 가던 18년 동안 많은 시련이 닥쳐온다. 고독 속의 고통, 살인자라는 불명예, 망명, 하지만 엉망진창처럼 보이는 삶 속에서도 손을 놓지 못한 것이 있었는데 그것은 그림이었다.

일부 문헌에서는 카라바조가 밀라노에서 살인을 저지르고 로마로 도주했을지 모른다는 풍문을 기록으로 남기고 있다. 이후 푸대접한다고 웨이터의 얼굴에 접시를 던지기도 하고 전쟁을 선포하는 등의 위반을 저질러 열네 개의 전과가 생겼고 일곱 번 교도소에 투옥된다. 그가 여기저기를 도망 다녔다는 이야기를 입증할 만한 증거는 없고 온갖 억측과 풍문이 난무하다. 그는 질기게 따라다니는 병과 가난 그리고 원하는 것을 가지지 못함에서 오는 분노를 주체할 수 없었다. 카라바조의 인생행로는 바람 앞의 등불처럼 불안하기 짝이 없었다.

<병든 바쿠스 신>

병이 들어 움푹 들어간 눈과 오른쪽 어깨와 등의 일부를 요염하게 드러낸 반나체의 젊은 롬바르디아 청년이 있다. 자신의 병들고 초라한 모습을 표현했다. 이때 모델을 구할 만한 경제적 여력이 없었기 때문에 자신의 모습을 모델 삼아 초상화를 그렸다. 말라리아에 걸려 로마의 빈민 구호 자선단체 병원에 입원했을 때 그린 것으로 추정하는 자화상을 보면 초라하지만 끈질긴 생명력을 느낄 수가 있다.

르네상스 시대의 그림에서 화려한 장식과 더불어 천상의 아름다움으로 표현되어 왔던 주신 바쿠스지만 카라바조의 그림에서는 손톱에 때가 낀, 병든 시골 청년의 모습으로 등장한다. 다소 충격적이다.

어둠 속의 우울한 표정과 정체를 알 수 없는 희미한 냉소가 보는 사람을 당혹케 한다. 그의 시선은 관람자를 정면으로 바라보고 있다. 무엇인가 말을 건네려는 듯 입술을 약간 벌린 모습이다. 카라바조는 병든 자신의 모습을 싸늘히 드러내면서 미래에 대한 야심과 실패에 대한 두려움 사이를 오가고 있는 듯하다.

병든 바쿠스는 머리에 승리의 월계관을 쓰고 있다. 고대 그리스에서 승자에게 씌워 주던 월계관은 영광을 의미한다. 비록 지금은 병들고 보잘것없지만 언젠가는 최고가 되고 말겠다는 그의 원대한 야심의 끝자락이 엿보이기도 한다.

로마의 뒷골목을 배회하며 어렵게 하루하루를 생활해 가던 카라바조는 우연한 기회에 프란체스코 마리아 델 몬테 추기경을 만난다. 카라바조가 폭행 사건에 연루될 때마다 은밀하게 후원과 보증을 해주며 카라바조의 뒤를 봐주었던 사람이다. 주종의 관계였다. 카라바조는 그가 원하는 그림을 그려야 했고 그 대가로 그는 다혈질에 괴팍하며 자주 패싸움을 벌여 말썽을 피우던 카라바조의 든든한 보호막이 되어주었다. 카라바조는 활발한 작품 활동 이외에도 생애 대부분을 범죄나 법적 분쟁 같은 사건들을 일으키며 보냈고 항상 후원자들의 도움으로 풀려날 수 있었다.

그러다 경기에 돈을 걸고 서로 속임수를 쓰고 비난하다가 단검으로 상대에게 치명상을 입히게 된다. 그 일로 로마의 어느 도시에서 사형선고를 받고 추방된다. 무방비 상태로 쫓겨나는 바람에 카라바조는 그들에게 언제 복수를 당할지 모르는 상황에 처한다. 두려워진 그는 후원자들에게 다시 도움을 요청하지만 평소 워낙 크고 작은 사고를 많이 저지른 카라바조에게 넌더리를 냈다. 카라바조는 다시 숨을 곳을 찾아 떠나게 된다.

마지막 희망을 부여잡고 있던 그에게 로마로 돌아올 수 있는 기회가 찾아오지만 그 기회를 앞에 두고 어리석게도 한 선원을 공격하는 바람에 승무원들의 분노를 사서 배를 타지 못한다. 당시 유행하던 말라리아에 걸려 해변에 버려진 채 열에 지쳐 죽었다는 이야기만 전해질 뿐이다.

그는 모든 것을 잃은 채 불같이 화를 내며 해변을 거닐다가 로마를 바라보며 죽었다. 서른 살의 짧은 생애는 이렇게 끝이 났다.

회색빛

카라바조의 삶은 무겁고 회색빛의 자욱한 안개가 드리워진 것처럼 진창 속을 걷고 있다. 내가 느끼는 감정은 연민일까. 언제나 다시 시작하고자 새로운 곳을 찾아 떠났지만 그는 새로운 곳에서 다시 똑같은 삶을 창조했다. 끊임없이 범죄와 분쟁을 일으키면서도 그는 조금도 달라지지 않았다. 결국에는 목숨을 부지하기 위해 도망가는 신세가 되고 말았다. 또 그를 끈질기게 따라다니며 괴롭힌 것이 있었는데 그것은 죄책감이었다. 무거운 형벌을 받고 있었던 것이다. 스스로 용서하지 못하는 죄는 그 어떤 형벌보다 무거운 벌이 아닐까. 항상 타인에 대한 원망과 분노에 휩싸여 살던 그가 자신을 어떻게 용서하는지 알았을 리 없다. 단지 면죄받을 수 있는 방법에 대해 고뇌했고 그가 찾은 방법은 성화를 그리는 것이었다. 가톨릭교회의 회복에 미술품이 이용된 시대였기 때문에 성화를 많이 그리던 시기이기도 했다. 카라바조 또한 성화를 통해 자신이 저지른 많은 죄를 씻고자 했기에 그림이 수단이 되었다고 할 수 있다. 무엇을 위해 그토록 살기를 원했던 것일까.

Chapter 13

프란시스코 고야와 침묵을 깨뜨리다

당연한 어둠

과학이 숱한 위험과 질병을 해결할 방안을 제시했지만 만연한 불안과 두려움은 잠재우지 못했다. 내성이 생겨 더 독한 약을 처방할 수밖에 없다. 죽여야 하는 건 병균만이 아니었다. 생각에 내성이 생겨 작은 슬픔은 더 큰 절망으로 느끼게 하고 상처는 점점 번져 마음을 뒤덮었다. 특별할 것이 아무것도 없다. 계속 그럴 뿐인 날들이었다.

자신에게서 한 걸음 물러나 관조하는 시간이 필요했다.

긴 터널을 지나니 빛이 보인다. 나는 빛을 향해 천천히 걸어간다. 언젠가 내 인생에서 가장 힘든 시기를 기억하지 못할지도 모른다. 지나고 보면 아무것도 아닌 것을 생각이 만들어낸 두려움 탓에 한 발짝도 떼지 못하던 날이었다. 한낮이 지나고 나니 또 다시 긴 밤이다. 그게 마치 당연한 인생이라고 가르치듯이 이제는 받아들일 때도 되었으니 그만하자고 말하며 바람이 스쳐갔다.

침묵

아침에 눈을 뜨면서 오늘은 기필코 아무것도 하지 않겠다고 다짐했다. 침묵 속에서 휴식을 가지고 싶었다. 그런데 타인이 없다고 침묵할 수 있는 것이 아니었다. 말을 하지 않는다고 침묵의 시간을 가질 수 있는 것 또한 아니었다. 영혼 없이 찍어낸 듯 광고 문자를 비롯한 안부, 감사 메시지가 정적을 깨트린다. 요즘에는 차단도 소용없는지 계속해서 새로운 번호로 끊임없이 쏟아진다. 나의 정보는 아주 헐값에 누군가에게 팔려간 듯하다. 핸드폰 전원을 끄고 보니 냉장고 소리가 신경 쓰인다. 냉장고마저 끌 용기는 선뜻 생기지 않는다.

냉장고 기계음과 시계 똑딱이는 소리 외에 공중에 또 무엇이 떠 있을까.

점점 소리가 커진다.

모든 게 비정상적으로 돌아가고 있다는 생각이 들었다.

눈물을 왈칵 쏟아낼 듯 뜨거운 침을 삼키며 참아본다.

깊은 밤이면 그러다 어쩔 수 없을 때는 그냥 잠을 잔다.

그런데 지금은 애석하게도 눈뜬 지 얼마 되지 않은 아침이다.

바쁜 날들을 보내고 있었다. 새롭게 시작한 수업도 적응하는 데 오래 걸리지 않았다. 바빠지면서 보람 있다 느끼는 날들도 많아졌다. 사람들의 관심이 좋았다. 그럼에도 여전히 어려운 것이 사람들과의 관계였다. 너무 가까이 오면 한 발 물러서고 너무 멀면 가까이 다가가듯 적당한 거리에서 사람을 만나려 애쓰고 있다.

돌다리도 너무 두들기면 무너진다 했던가? 너무 조심한 탓에 피하고 싶던 부류의 사람을 만났다. 내 인생 어느 지점에 갑자기 훅 하고 치고 들어왔다. 나는 이 상황을 빨리 알아차리고 싶었지만 어떤 이유에서인지 의도가 도무지 읽히지 않는다. 파악 불가다. 그냥 휩쓸려가고 있었다.

지극히 사적인 이야기가 각색되어 드라마도 또 이런 드라마가 없다. 하기야 막장 드라마나 극적인 주제의 드라마도 사실 인간사에서 일어나는 소잿거리라고는 했다. 나는 수업을 마치고 사람들을 만나고 오는 날이면 머릿속이 어지럽혀진 방과 같았다. 이런 만남이 괴롭다 하니 그것도 사회생활의 일부라고 말한다.

아주 묘한 에너지였다. 결코 이제껏 보지 못한 부류의 사람이었다. 타인을 빛나게 하는 에너지가 아닌 타인의 빛을 뺏어가는, 마치 에너지 뱀파이어 같았다고나 할까.

그러다 어느 날 갑자기 사라졌다. 정말 한낮 꿈처럼 기억이라는 흔적만 남기고 사라졌다. 아주 오래전 드라마에서 본 사람이었던가 할 정도로 현실 속 인물이 아닌 것처럼 내 시야에서 영영 사라져버렸다.

'내 마음이 들렸을지도 모른다. 진짜 들렸나?'

속으로 뜨끔했다. 꼬꾸라지기 직전이었는데 신이 나를 구제해주나 보다. 이런 생각마저 들었다.

'어떻게 된 것일까.'

혼자 떠나지 않고 곁에 맴돌던 사람들도 모조리 데리고 떠났다. 섭섭한 마음이 들 정도로 빈자리가 느껴졌다. 하지만 떠난 자리는 또 다른 인연으로 채워지기 마련이다.

미우나 고우나 떠난 인연의 빈자리가 허전할 수 있지만

연연해하지 않아야 한다. 타인이 보는 나의 모습이 다가 아니었듯 나 또한 타인의 전부를 보지 못함에서 오는 부족함이지 않았을까. 잡지 않고 떠나보냄을 부디 용서해주길 바란다. 너무 곡해 마시고 그건 단지 다름에서 오는 나의 괴로움이었으니 부디 나의 지나간 날들의 부족함을 용서해주기를 바라는 마음이다. 기쁜 마음으로 안녕 하며 축복해준다.

가시는 님 부디 행복하소서

고야

에고는 환상의 거울로 가득한 집이다. 우회적 함정이라는 것을 깨닫던 날 이 화가의 그림이 떠올랐다.

계몽주의 시대 스페인 궁정화가였던 프란시스코 고야는 45세에 원인 모를 열병으로 청력을 잃는다. 고요를 선택한 게 아니었기에 갑자기 닥친 시련은 견디기 힘들었다. 귀머거리라 불리게 된 그는 조용하고 한적한 곳에 집 한 채를 구한다. 그곳에서 은둔생활을 시작한다. 죽음에 대한 공포를 표현하는 듯한 어둡고 그로테스크한 그림을 그렸다. 그의 삶은 마치 한줄기 얇은 빛을 향해 어둡고 긴 터널을 걸어가는 듯하다.

드러내지 않고 살아가는 인간의 타락과 악마성을 그림으로 표현한다. 인정받기 위한 그림이 아니다. 순전히 자신이 하고 싶은 이야기 그리고 내면에서 꿈틀거리는 형상들을 그대로 재현했을 뿐이다.

눈의 흰자위를 보이며 시퍼렇게 눈을 뜨고 두 여인은 말한다. "나와 밥 먹으며 재미난 이야기하지 않을래요?"라고 하는 듯하다. 그간 있었던 일들을 표현하라면 이 장면과 가장 유사한 감정이 든다. 어떤 의도인지조차 가늠할 수 없는 인간관계에서 일어나는 미묘한 기 싸움은 어떻게든 풀어헤쳐 놓고 싶었다. 고야는 청력을 잃고 나서 억눌러왔던 감정을 폭발시키듯 그림을 그렸지만 나는 침묵 속에 떠들어대는 소음을 그림과 글로 폭발시켜 버렸다.

누구나 각자가 만들어낸 합리화 방식에 따라 자신의 세계 안에서 살고 있다. 그 세계가 불일치할 때 분개하거나 부정적 감정에 휩싸이곤 한다. 자신의 의식수준대로 편차를 지각할 뿐이다. 주변 사건에 미묘한 영향을 미치기도 하며 또 받으며 살아간다. 사랑은 사랑을 끌어당기고 미움과 원망은 불행을 끌어당긴다. 보통 높은 차원의 실재를 부인하기 때문에 실제로 이것을 경험하는 자는 소수다. 특히 회의론자들은 기적을 경험하지 못했기 때문에 이것을 부정하기가 더욱 쉽다. 그럼에도 불구하고 나는 이상적인 삶을, 그리고 기적을 꿈꾸기를 멈추지 않을 작정이다.

Chapter 14

더 가치 있는 날이 오리라 믿은 빈센트 반 고흐처럼

자기암시

급한 일을 앞두고 독서를 하고 있다.

평소에는 어질러진 상태로도 잘 지내다가도 바쁠 때면 주위를 정리하는 버릇이 있다. 해야 할 일이 잔뜩 쌓여 있을 때면 꼭 청소나 독서가 하고 싶어진다.

'왜 그런 걸까?'

책을 보거나 청소를 하면서 마음을 정결하게 만든다는 것이 내가 유일하게 댈 수 있는 핑계다. 사실은 불안을 잠재우기 위한 행동일 확률이 높다. 일단 평소에는 하지 않던 주위 정리를 하면서 애써 불편한 마음을 누른다. 내 마음이 또 다시 나를 재촉한다. 하지만 그 일을 빨리 시작하고 싶지 않은 내 마음과 재촉하는 마음의 갈등은 일을 시작하기 전까지는 계속 진행된다. 자리에서 벌떡 일어나 몇 년째 그 자리에 있던 식탁의 방향을 옮겼다. 마지막 발악이다.

행동의 에너지

'내가 생각을 잊기 위해 몸을 움직이고 있구나.'

읽고 싶은 책을 골라 깨끗하게 치운 책상에 앉았다.

오래 전에 읽었던 구본형 선생의 《나는 이렇게 될 것이다》를 다시 집어 들었다. 자신의 꿈을 암시하는 제목만큼 저자 또한 그런 삶을 살았다. '삶의 주체자로 산다는 것이 이런 것이야' 하고 본보기를 보여주신 분이다. 자신의 마음을 다해 다른 이들의 가슴에 불씨를 일으키는 것보다 더 가치 있고 의미 있는 일이 있을까. 이 얼마나 멋진 일이란 말인가.

그는 많은 사람들에게 영감과 선택의 기로에 서 있을 용기를 주었다.

"말을 물가에 데리고 가줄 수는 있어도 말에게 물을 마시게 할 수는 없다"는 링컨의 명언처럼 행동은 결국 본인의 몫이다. 생각해보면 말을 물가로 데리고 가듯 그러한 환경을 만들어준 분이라는 생각이 든다. 이 책을 읽을 당시 나는 선택의 기로에 서 있었고 용기가 절실히 필요했다. 지금 현재의 모습만 아니면 된다고 생각하던 때였으니까. 그래서 들으면 좋은 말, 읽으면 좋은 글은 닥치는 대로 읽었지만 책을 읽는 것만으로는 나를 완전히 변화시키지 못했다. 그것은 결국 나의 이야기가 아닌 타인의 이야기일 뿐이었다. 어느 책을 읽든지 고개를 끄덕끄덕 했지만 결국 '너는 되고 나는 안 되는' 그런 것이었다.

시곗바늘이 수없이 돌고 돌아 더 이상 안 되는 건가 하고 마음에서 모든 것을 내려놓을 때쯤 머릿속에서 섬광처럼 번득였다. '뭐가 문제였을까.' 그러다 누구보다 책을 열심히 읽고 강의를 듣는 것만으로도 충분하다고 생각했던 것이 내 착각이라는 사실을 깨닫게 된 것이다.

생각에 저항하지 않음으로써 완벽하게 조화되는 현상을 경험한 것이다. 물론 수행자들의 깨달음과는 거리가 있을 것이다. 어찌 이 소소한 알아차림을 거기에 비유하겠는가. 아는 것만으로는 아무것도 변화시키지 못한다는 사실을 말이다. 움직여야 한다. 행동이라는 움직임을 통해 에너지를 일으켜야 한다. 그냥 움직이면 된다. 그냥 '하면 된다'는 원초적이고 꾸밈없고 군더더기 없는 그 말 한마디.

그냥 하면 된다. 그리고 그냥 가면 된다.

지인의 부탁으로 사람을 만나게 되었다. 사회생활이나 진로선택에 관한 일이라면 나는 해줄 말이 없었다. 나도 실패를 거듭하고 있고 인간관계는 늘 어렵다. 그런 내가 누에게 조언한단 말인가. 돌이켜보면 얼마나 절실했던가. 누구라도 붙잡고 답을 얻고 싶었던 그때가 생각나서 약속 장소로 향했다. 내 인생이니까 내가 책임지면 되는 건데 그 책임지는 게 무서워서 행동하지 않고 있는 거라고 그 사실을 말해줘야 했을까. 예전의 나였다면 그런 이야기를 듣는다는 것만으로도 화가 났을지도 모른다. 나는 내 삶에 언제나 최선을 다하고 있다고 생각했으니까. 결과에 책임지고 싶지 않았다는 사실도 인정하고 싶지 않았으니까.

뭘 그리 눈치 보고 살았나 싶으면서도 눈치 볼 수밖에 없었던 건 내 인생이 내 것이 아니었을 때 이야기다. 너도 눈치 봐야 하고 재도 눈치 봐야 하고. '참 나는 내 인생을 사는데 왜 이렇게 신경 써야 할 사람이 많을까.' 한 번쯤 생각해보았으리라.

이제 다 필요 없다.

가볍게 먼지 털 듯 탈탈 털고, 다시 생각해봐도 나는 내 행복이 우선이기 때문에 나만의 길을 가겠다고 결정해요.

어떻게 하면 되나요?

다 알잖아요. 그냥 하시면 돼요.

결국은 지금의 모든 결과는 내가 하는 생각이 원인의 돼 나타난 것들이다. 내 삶에서 일어나는 모든 일은 스스로가 택한 것이다. 그렇기 때문에 내 모습에 대한 책임은 나에게 있다. 나로 살기에 지금도 부족하지 않다.

나는 더 이상 용기를 주는 말이 필요 없을 만큼 자신을 믿는다. 단순히 믿는 것 이상의 앎이라고나 할까. 부족한 것에 집중하지 않고 오직 현재 내가 할 수 있는 최선을 행한다. 스스로 해야 할 일을 결정하고 행동을 한다는 아주 단순한 원리다.

고흐의 소원

나는 매일매일 좋은 일이 생길 것이다.

나는 매일매일 건강해진다.

나는 매일매일 행복해지고 있다.

이런 암시 뒤에 '나는 지금 충분히 괴로워요', '좋은 일 하나 없이 오늘을 견디고 있어요', '지금 나의 건강이 염려돼요' 이런 마음을 완전히 내려놓고 잠시 잊는다. 자기 암시는 그렇게 될 것임을 완전히 믿는 것이 아니란 것을 알아야 효과가 있다.

우리에게 믿음이 필요하지만 완전한 믿음이 되려면 수없이 방해하는 의심과 저항들을 이겨내야 한다. 어떤 날은 괜찮았다가 어떤 날은 정말 수없이 암시했던 말들이 조금도 도움을 주지 못하는 때도 있다. 그럼에도 자기 암시 효과는 옳은 방향으로 나를 이끌어 줄 때가 더 많다. 삶의 변화를 꿈꾸는 사람들에게 절대적인 필수 코스다.

고흐의 삶도 그렇지 않았을까. 고흐가 보낸 편지에는 대부분 자신의 의지가 담겨 있다.

'그렇게 할 것이다.'

'이렇게 될 것이다.'

자기 암시의 말들.

안타깝게도 사후에 모든 것이 이루어졌지만 그는 100년이 넘어서도, 아마 레오나르도 다빈치처럼 1000년이 지나서도 사람들의 가슴에 영원히 살아 있지 않을까?

그는 확신이 필요했다. 그리고 철저하게 믿고 싶어 스스로에게 암시를 걸었다. 어쩌면 암시인지도 몰랐을 것이다. 절망적인 지금을 대신할 희망을 꿈꾼 흔적이었다.

인기가 없던 그의 그림은 제대로 팔리지 않았기 때문에 늘 경제적인 압박을 느낄 수밖에 없었다. 거기에다 동생의 결혼 소식은 곧 경제적 지원이 불안정해진다는 막연한 불안감을 안겨 주었다. 정신적으로 불안한 상태가 지속될 때마다 물감을 빨아먹는 이상한 버릇이 생겼고 그 이후 납이나 석유에 중독된 부작용 탓에 환청이 들리게 되었다.

테오에게

지금 내 작품이 팔리지 않아도 어쩔 수 없다.

그렇지만 사람들이 언젠가는 내 그림들이

거기에 사용된 물감보다 그리고 내 인생보다도

더 가치 있다는 것을 알게 되는 날이 올 것이다.

– 1888년 10월 24일 동생 테오에게 보낸 편지 중에서

자신의 그림에 들어간 물감의 가치 이상으로 언젠가는 사람들이 알아주는 날이 올 거라고 믿고 싶었다. 고흐는 동생에게 편지를 썼고 그도 형을 믿는다.

내게도 필요했던 건 그렇게 될 거라는 의심 없는 믿음이었다. 지금의 기록을 통해 누군가에게 희망의 증거가 되고 싶었다.

"누군가에게 희망이 되는 그런 글을 쓰려면 너 지금보다 더 성공해야 되지 않겠니?"라고 말하던 그 분은 분명 나를 염려했을 것이다. 하지만 난 안다. 왜 그런 말을 했는지. 하지만 내가 나이가 많이 들어 죽기 직전에야 타인에게 희망의 증거가 되는 글을 써야 한다고 생각하지 않는다. 나는 삶이 다 하는 날까지 오늘을 살며 희망의 증거를 남겨둘 것이다.

다시 시작을 위해서

한 해의 큰 행사와 수업을 다 마무리하는 달을 맞이하고 있다. 다행히 모든 준비를 마쳤고 올해의 긴 여정이 끝났다. 올해에는 더 이상 새벽에 일어나서 뜨는 해도 없이 집을 나서야 하는 일정이 없다.

'혹시나 저번처럼 알람이 안 울리면 어떻게 하지' 하는 불안에 시달리지 않아도 되고 수업 준비를 하며 '원고를 마무리해야 하는데'라는 생각을 하지 않아도 된다. 그런 생각을 하면서도 원고는 마무리를 향해 가고 있고 새벽에 알람을 못 들어 기차를 놓친 적도 없었다. 이처럼 걱정은 쓸데없는 것이었다. 그저 웃어본다.

올해 외부의 모든 일정을 마친다. 내부 일정만 천천히 해나가면 되기 때문에 여유롭다.

마음이 지금 "행복하다" 하고 소리쳤다.

며칠 전, 집으로 돌아가는 기차 안에서 꼬마김밥을 먹고 담당자(주무관님)가 챙겨준 커피를 마시면서 좋아하는 음악을 듣다가 나도 모르게 "아, 행복해"라고 말했다

"행복하다."

이 소소함이 주는 행복을 알려고 참 많은 길을 돌아왔다. 애써 괜찮다고 말하고 애서 웃으면서 씩씩한 척하던 나는 이제 없다. 애쓰지 않는다.

물 흐르듯 산다는 것이란 말 그대로 진짜 저항하지 않고 순리대로 살아가는 것이다. 힘들이지 않고 살 수 있는 방법

이 사방천지로 널렸는데 난 왜 걱정이라는 거스름을 하며 살았던 것인지.

'내가 연어도 아니고 뭘 자꾸 거슬러 오르려 해'라는 생각이 스쳐 피식 웃는다.

금방 블로그에 쪽지가 도착했다. 서울 성동구립도서관에서 길 위의 인문학 강의를 들은 분이다. '그때의 감동이 잊히지 않는다'라고 말씀해주셨다. 우리가 마주한 시간 동안 교감과 소통이 제대로 이루어졌다고 생각하니 그저 감사하고 감격스럽다. 어쩌면 나는 이런 만남을 위해 글을 쓰고 강의를 하는지도 모른다.

당신이 무엇을 가진지 알지 못해도
영혼을 이야기할 수 있는 만남.
이것이 얼마나 아름답나요.
계산하지 않아도 되고 잘 보이려고 애쓰지 않아도 되니
얼마나 큰 행복인가요.

오직 그림을 통해 마음이 통하는 당신과 대화할 수 있다니 난 참 행운아다. 그리고 그림을 통해 타인의 삶을 이해하고 나를 사랑하게 되었다니 이 얼마나 멋진 일인가.

행복은 멀리 있지 않다. 나눌수록 더 커지는 행복 주머니를 모두 품에 안고 있다는 사실! 우리 매일이 행복 주머니에서 행복을 나누며 사는 좋은 날이면 좋겠다.

-END-

Peabody

나에게도 이런 일이 일어났으면 좋겠어. 이 말에는 '일어나지 않을 것 같아'와 같은 두려움이 배경에 깔려 있다.

하지만 나는 이제 완전한 사실을 안다. 진실로 원하는 일이라면 나에게 이런 일이 일어날 수밖에 없다는 사실 말이다. 바라지만 말고 그것을 선택하는 삶을 살았으면 좋겠다.

찾고자 한다면 찾아지고 보고자 한다면 보인다는 사실을 내 뮤즈들이 가르쳐주었다. 자신의 꿈을 타인이 결정하도록 내버려두지 마라. 여기에 등장하는 화가들은 하나같이 자신의 삶을 타인이 결정하도록 결코 내버려 두지 않고 자신만의 삶을 창조해낸 사람들이다.

정말 지금의 나는 예전과 다르게 충분히 여유를 가지고 하루를 살고 있다. 더 이상 누군가에게 잘 보이고 싶다는 생각도 하지 않거니와 현실과 이상의 차이를 인정한다. 인생은 원래 불공평한 것임을 인정하면 세상 편하다. 앞으로도 계속해서 만나게 될 화가들과 동행할 예정이다. 매일 감사와 사랑을 말하며 타인의 희망이 되고 싶다는 소망을 품으면서 말이다.

저의 그림과의 인연에 대한 스토리를 들려달라고 제안해주신 북오션 박영욱 대표님 감사합니다. 북오션 출판사 편집자님, 마케팅 담당자님 고맙습니다.

출간을 누구보다 기뻐해주는 서정아트롯데관 이진희 관장님, 지금 이 순간을 잊지 않기 위해 저와 동행하는 목독(목적있는독서모임) 선생님들 감사합니다. 나의 가장 예쁜 찰나를 담아주는 사진 찍는 풍작가 감사합니다. 자신의 자랑이라며 늘 기도해주는 내 친구 전정, 한결같은 나의 남편 용군님, 사랑하는 딸 송이 · 은이, 오빠, 올케언니, 우리 엄마 차은결 여사님, 아버지 감사합니다. 사랑합니다.